不要紧的女人

[英] 奥斯卡·王尔德　著

余光中　译

A WOMAN OF
NO IMPORTANCE

深圳出版社

版权登记号　　图字：19-2024-152号

本书译文由台北九歌出版社有限公司授权出版，
经北京玉流文化传播有限责任公司代理

图书在版编目（CIP）数据

不要紧的女人／（英）奥斯卡·王尔德著；余光中
译. -- 深圳：深圳出版社，2024.12
　　（王尔德喜剧集）
　　ISBN 978-7-5507-4015-0

Ⅰ. ①不… Ⅱ. ①奥… ②余… Ⅲ. ①喜剧－剧本－
英国－近代 Ⅳ. ①I561.34

中国国家版本馆CIP数据核字(2024)第076488号

不要紧的女人
BUYAOJIN DE NÜREN

出 品 人　聂雄前
责任编辑　简　洁
责任校对　万妮霞
责任技编　郑　欢
插　　画　狐桃-Q
封面设计　日光
　　　　　BRILLIANCE

出版发行　深圳出版社
地　　址　深圳市彩田南路海天综合大厦（518033）
网　　址　www.htph.com.cn
订购电话　0755-83460239（邮购、团购）
设计制作　深圳市龙瀚文化传播有限公司 0755-33133493
印　　刷　雅昌文化（集团）有限公司
开　　本　787mm×1092mm　1/32
印　　张　6.125
字　　数　69千
版　　次　2024年12月第1版
印　　次　2024年12月第1次
定　　价　60.00元

作者简介

奥斯卡·王尔德（Oscar Wilde, 1854—1900），出生于爱尔兰的都柏林，是 19 世纪英国最伟大的作家与艺术家之一，以其剧作、诗歌、童话和小说闻名，唯美主义代表人物，19 世纪 80 年代美学运动的主力和 90 年代颓废派运动的先驱。主要作品有小说《道林·格雷的画像》、童话《快乐王子》、戏剧《温夫人的扇子》《不要紧的女人》《理想丈夫》《不可儿戏》《莎乐美》等。

译者简介

余光中（1928—2017），当代著名作家、诗人、学者、翻译家。代表作有《白玉苦瓜》（诗集）、《记忆像铁轨一样长》（散文集）及《分水岭上：余光中评论文集》（评论集）等。诗作《乡愁》《乡愁四韵》、散文《听听那冷雨》《我的四个假想敌》等被广泛收录于语文课本。

余光中除了从事诗歌、散文的创作，还翻译了很多其他文体的作品，其中包括王尔德的四部喜剧。他的四部王尔德喜剧译作——《不可儿戏》《理想丈夫》《不要紧的女人》和《温夫人的扇子》是目前文学界的重要译本。

反常合道之为道

——《王尔德喜剧全集》总序

王尔德匆匆四十六年的一生，盛极而衰，方登事业的颠峰，忽堕恶运的谷底，令人震惊而感叹。他去世迄今已逾百年，但生前天花乱坠的妙言警句，我们仍然引用不绝，久而难忘。我始终不能决定他是否伟大的作家，可否与莎士比亚、狄更斯、巴尔扎克、托尔斯泰相提并论，但可以肯定，像他这样的锦心绣口，出人意外，也实在百年罕见。

一八五四年，奥斯卡·王尔德生于都柏林，父亲威廉是名医，母亲艾吉简（Jane Francisca Elgee）是诗人，一生鼓吹爱尔兰独立。他毕业于都柏林三圣学院后，又进入牛津大学的马德琳学院，表现出众，不但获得纽迪盖特诗歌奖①，还受颁古典文学一等荣誉。前辈名家如罗斯金与佩特都对他颇有启发。

王尔德尚未有专著出版，便以特立独行成为唯美派的健将，不但穿着天鹅绒外套，衬以红背心，下面则是及膝短裤，而且常佩向日葵或孔雀羽，吸金嘴纸烟，戴绿背甲虫的指环，施施然招摇过市。他对牛津的同学夸说，无论如何，他一定要成名，没有美名，也要骂名。他更声称："成名之道，端在过火。"（Nothing succeeds as excess.）

一个人喜欢语惊四座，还得才思敏捷才行。吹牛，往往沦为低级趣味。夸张而有文采，就是艺术了。王尔德曾说，他一生最长的罗曼史就是自恋。这句话的道理胜过弗洛伊德整本书。

———————

① 原译为纽迪盖特诗奖。

我们听了，只觉得他坦白得真有勇气，天真得真是可爱，却难以断定，他究竟是在自负还是自嘲。他最有名的一句自夸，是出于访美要过海关，关员问他携有何物需要申报。他答以"什么都没有，除了天才"。这件事我不大相信。王尔德再自负，也不致如此轻狂吧？天才者，智慧财产也，竟要报关，岂不沦为行李？太物化了吧。换了我是关员，就忍不住回敬他一句："那也不值多少，免了吧！"

王尔德以后，敢讲这种大话的人，除了披头士的领队列侬①（John Lennon），恐怕没有第三人了。从一八九二年到一八九五年，王尔德的四部喜剧先后在伦敦上演，都很成功，一时之间，上自摄政王下至一般观众，都成了他的粉丝。伦敦的出租车司机都会口传他的名言妙语。不幸这时，他和贵家少年道格拉斯之间的同性

———

① 原译为蓝能。

恋情不知收敛，竟然引起绯闻，气得道格拉斯的父亲昆司布瑞侯爵当众称王尔德为"鸡奸佬"。王尔德盛怒之余，径向法院控告侯爵，又自恃辩才无碍，竟不雇请律师，亲自上庭慷慨陈词。但是在自辩过程中他却不慎落进对方的陷阱，露出自己败德的真相。同时他和道格拉斯之间的情书也落在市井无赖的手中，并据以敲诈赎金。王尔德不以为意，付了些许，并未清断。于是案情逆转，他反而变成被告，被判同性恋有罪，入狱苦役两年。喜剧大师自己的悲剧从此开始，知音与粉丝都弃他而去，他从聚光灯的焦点落入丑闻的地狱。他的家人，妻子和两个男孩，不得不改姓氏以避羞辱。他也不得不改姓名，遁世于巴黎。高蹈倨傲的唯美大师，成了同性恋者的首席烈士。

　　十九世纪的后半期，王尔德是一位全才的文学家，在一切文类中都各有贡献。首先，他是诗人，早年的作品上承浪漫主义的余波，并

不怎么杰出，但是后期的《里丁监狱之歌》①
（*The Ballad of Reading Gaol*），有自己坐牢的经
验为印证，就踏实而深刻得多，所以常入选集。
诗中所咏的死囚，原为皇家骑兵，后因妒忌杀
妻而伏诛。

在童话方面，王尔德所著《快乐王子》与
《石榴屋》，享誉迄今不衰。

小说方面，他的《朵连·格瑞之画像》（*The
Picture of Dorian Gray*）②描写一位少年，生活荒唐
却长葆青春，而其画像却日渐衰老，最后他杀
了为他画像的画家，并刺穿画像。结果世人发
现他自刺身亡，面部苍老不堪；画像经过修整，
却恢复青春美仪。此书确为虚实交错之象征杰
作，中译版本不少。

戏剧方面，在多种喜剧之外，王尔德另有

---

① 原译为《列丁狱中吟》。
② 大陆译为《道林·格雷的画像》。之后本书中再出现，以大
　陆译名为准。

一出悲剧《莎乐美》(*Salomé*)，用法文写成，并特请法国名伶伯恩哈特(Sara Bernhardt)去伦敦排练，却因剧情涉及圣徒而遭禁。所以此剧只能在巴黎上演；而在伦敦，只能等到王尔德身后。剧情是希萝迪亚丝弃前夫而改嫁犹太的希律王，先知施洗约翰反对所为，被囚处死。希萝迪亚丝和前夫所生女儿莎乐美，在希律王生日庆典上献演七重面纱之舞，并要求以银盘盛先知断头，且就吻死者之唇。这真是集死亡与情欲之惊悚悲剧，正投合王尔德的病态美学："成名之道，端在过火。"

最后谈到王尔德这四部喜剧。最早译出的是《不可儿戏》，在香港。其他三部则是在高雄定居后译出的。每一部喜剧的译本都有我的自序，甚至后记，不用我在此再加赘述。在这篇总序里我只拟归纳出这四部喜剧共有的特色。

首先，这些喜剧嘲讽的对象，都是英国的贵族，所谓"上流社会"。到了十九世纪后半期，英国已经扩充成了大英帝国，上流社会坐享其成，一切劳动全赖所谓"下层社会"，却以门第自豪，看不起受薪阶级。这些贵族大都闲得要命，只有每年五月，在所谓社交季节，才似乎忙了起来，也不过忙于交际，主要是择偶，或是寻找女婿、媳妇，或是借机敲诈，或是攀附权势，其间手腕犬牙交错，令人眼花。

其次，这些喜剧在布局上都是传统技巧所谓的"善构剧"，剧情的进展要靠多次的巧合来牵引，而角色的安排要靠正派与反派、主角与闲角来对照互证。每部喜剧的气氛与节奏，又要依附在一个秘密四周，那秘密常是多年的隐私甚至丑闻。秘密未泄，只算败德，一旦揭开，就成丑闻。将泄未泄，欲盖弥彰之际，气氛最为紧张。关键全在这致命的秘密应该瞒谁，能瞒多久，而一旦揭晓，应该真相大白，和盘托出，还是半泄半瞒，都要靠高明的技巧。王尔德总是掌控有度，甚至接近落幕时还能翻空出奇，高潮迭起。

纸包不住火，火苗常由一个外客引起：《温夫人的扇子》由欧琳太太闯入；《不要紧的女人》由美国女孩海斯特发难，也可说是由私生子杰若带来；《理想丈夫》则由"捞女"敲诈而生波；《不可儿戏》略有变化，是因两位翩翩贵公子城乡互动，冒名求婚而虚实相生。如果没有这些花架支撑，不但剧情难展，而且，更重要的，王尔德无中生有、正话反说的隽言妙语，怎能分配到各别角色的口中成为台词？

这就讲到这些喜剧的最大特色了。唇枪舌剑，怪问迅答，天女散花，绝无冷场，对话，才是王尔德的看家本领，能够此起彼落，引爆笑声。他在各种文类之间左右逢源，固然多才多艺，而在戏台对话的文字趣克（verbal tricks）上也变化多端，层出不穷。从他的魔帽里他什么东西都变得出来：双关、双声、对仗、用典、夸张、反讽、翻案，和频频出现的矛盾语法（或称反常合道），令人应接不暇。他变的戏法，有时无中生有，有时令人扑一个空，总之先是一惊，继而一笑，终于哄堂。值得注意的是：惊人之语多出自反派角色之口，但正派角色的谈吐，四平八稳，反而无趣。

王尔德的锦心绣口，微言大义，历一百多年犹能令他的广大读者与观众惊喜甚至深思。阿根廷名作家博尔赫斯①（Jorge Luis Borges）在《论王尔德》一文中就引过他的逆转妙语："那张英国脸，只要一见后，就再也记不起来。"博尔赫斯论文，眼光独到，罕见溢美。他把王尔德归入塞缪尔·约翰逊②（Samuel Johnson）、伏尔泰一等的理趣大师，倒正合吾意，因为我一向觉得王尔德"理胜于情"。博尔赫斯又指出，这位唯美大师写的英文非但不雕琢堆砌，反而清畅单纯，绝少复杂冗赘的长句，而且用字精准，

---

① 原译为博而好思。
② 原译为约翰生。

近于福楼拜的"一字不易"（le mot juste）。这也是我乐于翻译王尔德喜剧的一大原因。

余光中

二〇一三年九月于西子湾

目　录

本剧人物

易林华斯伯爵（即乔治·哈福德，简称易大人）

约翰·庞提克拉夫特爵士（简称庞爵士）

奥夫烈·鲁福德勋爵（简称奥大人）

管维尔先生，下议院议员（简称管先生）

詹姆斯·杜伯尼牧师，神学博士，洛克里教区主持人

（简称总铎）

杰若·亚伯纳（简称杰若）

法克（管家）

法兰西斯（仆人）

洪氏丹敦夫人（本剧女主人，简称洪夫人）

庞爵士夫人（简称庞夫人）

史特菲夫人（简称史夫人）

艾伦比太太（简称艾太太）

海丝特·武斯利（即武小姐，简称海丝特）

爱丽丝（女仆）

亚伯纳太太（杰若的母亲，简称亚太太）

本剧布景

第一幕：洪氏丹敦庄宅露台

第二幕：洪氏丹敦庄宅大客厅

第三幕：洪氏丹敦庄宅画廊

第四幕：洛克里镇亚伯纳太太家客厅

时间：当代

地点：英格兰中部某郡

情节：二十四小时内完成

第一幕

THE FIRST ACT

布　景：洪氏丹敦庄宅露天平台前草地

　　　　　　　（庞爵士、庞夫人、武小姐坐在大水松
　　　　　　　树下的凉椅上。）

庞夫人：武小姐，想必你是第一次在英国的乡村
　　　　别墅做客吧？

海丝特：是啊，庞夫人。

庞夫人：听说贵国乡下没有别墅，是吧？

海丝特：别墅不多。

庞夫人：那贵国有乡下吗？有能叫乡下的地
　　　　方吗？

海丝特：（笑起来）我们的乡下是世界上最大的，
　　　　庞夫人。老师上课，总说我们的一州，
　　　　有些就有法国加英国那么大。

庞夫人：哟，我猜贵国一定风凉得很。（转头向
　　　　庞爵士）约翰，你该戴围巾了。你不

肯戴围巾，我一直为你打围巾有什么
用呢？

庞爵士：我够暖了，凯洛琳，别担心。

庞夫人：我不相信，约翰。嗯，武小姐，你来的
这家别墅再有趣不过了，就是屋子太潮
湿了，潮湿得不可原谅，而亲爱的洪
夫人请人家来家做客，有时候也有点
随便。（转头向庞爵士）珍的交游太杂
了。易大人当然是不凡的人物，能见
到他，真荣幸。不过那位下议院议员罐
先生——

庞爵士：管先生，太太，管。

庞夫人：他一定很有身份。一辈子谁也没听过
他的大名，这年头呀这种人一定很有
来头。可是艾伦比太太这个人却不很
正派。

海丝特：我讨厌艾伦比太太。说不出对她有多
讨厌。

庞夫人：武小姐，像你这样的外国人来人家作客，对其他客人，我认为不应该起好恶之心。艾伦比太太出身很好。她是布朗卡斯特大人的侄女①。当然了，有人说她私奔过两次才结婚的。可是你知道，一般人往往言过其实。我自己呢认为她不过私奔了一次。

海丝特：亚伯纳先生就很可爱。

庞夫人：是呀！在银行里做事的那青年。洪夫人邀他来做客，真是好心，而易大人也似乎很喜欢他。不过我认为珍不应该这么抬举他。武小姐，在我年轻的时候，都不作兴跟自力谋生的人来往的。大家都觉得那样不行。

海丝特：在美国，这种人才是我们最尊敬的。

庞夫人：我完全相信。

---

① 原译为姪女。

海丝特：亚伯纳先生的性情真好！这么单纯，这么直率。在我见过的人里，没有人比他性情更好。能见到"他"，真是荣幸。

庞夫人：武小姐，在英国，年轻的小姐提到异性的人物，不作兴用这么亲热的口吻。英国女人在婚前不流露感情，要婚后才流露。

海丝特：在英国，少男跟少女不准有友情吗？

（洪氏丹敦夫人上，后随仆人，带着披肩和靠垫。）

庞夫人：英国人认为异性之间不宜发生友情。珍呀，我刚才还说你请客的茶会真有趣。你挑客人真有眼光。这完全是天才。

洪夫人：亲爱的凯洛琳，你太客气了！我想大家一定很合得来。希望我们可爱的美国客人，带回去的是英国乡村的快乐回忆。（转头向仆人）那边的靠垫，法兰西斯。还有我的披肩。雪特兰羊毛的那件。拿过来。

（仆人下，去拿羊毛披肩。亚伯纳上。）

杰　若：洪夫人，我有大好的消息告诉您。易大
人刚才自动雇我做他的秘书。

洪夫人：做他的秘书？那真是好消息，杰若。你
的前途真是光辉灿烂哪。你的好妈妈一
定很开心。我真应该想办法劝她今晚来
这儿。你认为她会来吗？我知道，无论
要她去哪儿，都不方便。

杰　若：哦！我相信她会来的，洪夫人，只要她
晓得易大人已经雇了我。

（仆人带羊毛披肩上。）

洪夫人：我马上写信告诉她，请她来这儿见易大
人。（对仆人说）等一下，法兰西斯。
（写信。）

庞夫人：亚先生，像你这样的年轻人，这正是大
好的差事。

杰　若：当然是了，庞夫人。我相信自己能做得

称职。

庞夫人：没问题。

杰　若：（对海丝特）"你"还没恭喜我呢，武
　　　　小姐。

海丝特：你被聘，很开心吧？

杰　若：当然了。对我太重要了——以前不敢
　　　　奢望的东西，现在都有指望了。

海丝特：没有东西是不可以希望的。人生就是
　　　　希望。

洪夫人：凯洛琳，我猜易大人的目标是外交。听
　　　　说会派他去维也纳。不过也许不确定。

庞夫人：珍，我认为英国的驻外使节不应该是单
　　　　身汉。否则会有麻烦。

洪夫人：你太紧张了，凯洛琳，相信我吧，你太
　　　　紧张了。何况易大人随时可能结婚。我
　　　　就一直希望他娶楷淑小姐呢。不过我相
　　　　信他说过，那小姐的家族太大。不然就
　　　　是说她的脚太大。我忘记是哪一样了。

真是可惜呀。她天生该做大使夫人。

庞夫人：她的记性也真怪，记得人家的名字，却
　　　　忘了人家的面孔。

洪夫人：哎，凯洛琳，这是理所当然，对吧？
　　　　（对仆人）跟亨利说，要等回音。杰
　　　　若，我写了张便条给你母亲，告诉她好
　　　　消息，并且请她务必来晚餐。

　　　　（仆人下。）

杰　若：您真是太客气了，洪夫人。（对海丝
　　　　特）去散步好吗，武小姐？

海丝特：好啊。

　　　　（偕杰若下。）

洪夫人：杰若交好运，我太高兴了。他一直是我
　　　　提拔的。我提都没提，易大人居然主动
　　　　雇他，尤其令我开心。谁都不喜欢别人
　　　　来求情。我还记得有一年社交季节，可
　　　　怜的夏洛蒂很不得人缘，因为她家有个
　　　　法国教师，她逢人便想推荐。

庞夫人：珍，那家庭教师我见过。夏洛蒂派她来见我。当时爱丽娜还没出世。她太漂亮了，正经的人家谁都不敢要。也难怪夏洛蒂那么急于把她摆脱。

洪夫人：啊，原来如此。

庞夫人：约翰，草地太潮湿了。你不如赶快穿上套鞋。

庞爵士：我很舒服呀，凯洛琳，放心吧。

庞夫人：你舒不舒服，得由我来决定，约翰。听我的话吧。

（庞爵士起身离去。）

洪夫人：你宠坏他了，凯洛琳，你真的宠坏他了！

（艾伦比太太偕史特菲夫人上。）

（对艾太太）嗯，希望你还喜欢这园林。据说木材很好。

艾太太：树木好极了，洪夫人。

史夫人：非常，非常好。

艾太太：可是不知道为什么，我总觉得，只要我在乡下住上六个月，我就会变得天真无邪，谁也不会睬我了。

洪夫人：我保证，好太太，住乡下绝对没有这种后果。哪，从前贝尔敦夫人跟费泽多大人私奔，就是从离此地只有两里的梅村。这件事我记得一清二楚。可怜贝尔敦大人三天后就死了，究竟是由于喜悦或痛风，我不记得是哪一样了。当时我们正招待一大伙朋友住在这里，所以整个事件大家都非常关切。

艾太太：我认为私奔是没有勇气。私奔是逃避危险。危险在现代生活里已经很少见了。

庞夫人：据我所能了解，今日年轻的女人似乎把不断玩火当作自己一生的唯一目的了。

艾太太：玩火的一大好处，庞夫人，就是绝对不会给烫到。只有不懂如何玩火的人，才会给烧焦。

史夫人：对呀，我明白了。这道理非常非常
　　　　有用。

洪夫人：我倒看不出，这世界怎么能靠这样的理
　　　　论来过日子，艾太太。

史夫人：啊！这世界原是为男人造的，不是为
　　　　女人。

艾太太：哦，别这么说，史夫人。我们的日子比
　　　　男人的好过得多。禁止我们去做的事情
　　　　比禁止他们去做的，多得多了。

史夫人：对呀，说得非常非常的对。我倒没想到
　　　　这一点。

　　　　（庞爵士偕管先生上。）

洪夫人：嗯，管先生，你的文章写好了吗？

管先生：今天的份已经写完了，洪夫人。真是苦
　　　　差事。这年头，政治人物在时间上的负
　　　　担非常沉重，真的非常沉重。而且我觉
　　　　得这种种负担人家并不领情。

庞夫人：约翰，你穿上套鞋没有？

庞爵士：穿了，太太。

庞夫人：你还是来我这边比较好，约翰，比较遮风。

庞爵士：我这边很舒服，凯洛琳。

庞夫人：我不相信，约翰。你还是坐在我旁边好。

（庞爵士起身，走了过去。）

史夫人：管先生，今天上午你写了些什么呢？

管先生：还是老生常谈，史夫人，《论纯洁》。

史夫人：这话题写起来一定非常，非常有趣。

管先生：史夫人，这是当今的一大话题，真正有关国家兴亡。我准备在下议院开会之前，就这个问题向我的选民演讲。我发现，本国的贫民显然盼望把道德的标准提高。

史夫人：他们真是，真是上进。

庞夫人：你赞成女人投入政治吗，罐先生？

庞爵士：管先生，太太，管先生。

管先生：庞夫人，女人势力的上升，是本国政治
　　　　活力的一大保证。女性总是站在道德的
　　　　一边，不论是公德或是私德。

史夫人：听你这么说，真是非常，非常令人高兴。

洪夫人：对呀！女性的德性，正是要点。凯洛
　　　　琳，只怕亲爱的易大人对女性的德性，
　　　　评价不够肯定。

（易大人上。）

史夫人：全世界都说易大人非常，非常邪恶。

易大人：这句话是哪一个世界说的呢，史夫人？
　　　　一定是来生来世吧。今生今世，跟我的
　　　　关系好着呢。（在艾太太身边坐下。）

史夫人：凡我认得的人都说你非常，非常邪恶。

易大人：这年头呀有些人到处走动，在背后说你
　　　　的坏话，竟然句句都千真万确，实在荒
　　　　唐透顶。

洪夫人：亲爱的易大人完全没救了，史夫人。我
　　　　早已灰了心，不想改造他了。要改造他

呀，得动用一家企业公司的董事会，再加上一位专职的秘书才行。可是易大人呀，你不是已经有秘书了吗？杰若已经把他的好运告诉我们了；你真是好心。

易大人：哦，别这么说，洪夫人。好心是一个可怕的字眼。我一见到年轻的杰若就很喜欢他，以后我如果发傻劲想做些什么事，他一定能帮我大忙。

洪夫人：他是个了不起的青年。他母亲也是我的好朋友。他刚才带我们的漂亮美国小姐散步去了。她很漂亮，对吗？

庞夫人：漂亮过了头。所有的好对象呀都给这些美国女孩抢走了。为什么她们不能留在自己的国内呢？大家不都说美国是女人的天堂吗？

易大人：没错呀，庞夫人。这就是为什么她们像夏娃一样，迫不及待要离开天堂。

庞夫人：武小姐的父母是谁呀？

易大人：美国女人都聪明绝顶，从不泄露自己的父母。

洪夫人：我的好易大人，你这是什么意思？凯洛琳，武小姐是个孤儿。她的父亲生前是个大富豪，又说是个大慈善家，想必都是的；我的儿子去波士顿，他曾经殷勤招待。她父亲当年是怎么起家的，我倒不清楚。

管先生：我猜是经营美国的纺织品。

洪夫人：什么是美国纺织品呢？

易大人：美国小说。

洪夫人：太奇怪了！不过，管她的亿万家产是怎么来的，我倒是很欣赏武小姐。她的穿着十分得体。所有的美国人都穿得很体面：衣装都是巴黎货。

艾太太：洪夫人，大家都说，好心的美国人死后，都去了巴黎。

洪夫人：真的吗？那，坏心的美国人死了，又去哪里？

易大人：哦，去美国呀。

管先生：易大人，只怕你并不欣赏美国。美国是个很出色的国家，特别是想到它多年轻。

易大人：美国的年轻正是他们最老的传统。这传统已经传了三百年了。听他们的言谈，你还以为他们是在童年的第一阶段呢。就文明而言，他们也才在第二阶段。

管先生：美国的政治无疑颇多腐败。想必你是指这一点吧？

易大人：不一定吧。

洪夫人：各国的政治都很糟，听说。英国是糟定了。卡杜先生要把英国给毁了。我不懂卡杜太太为什么不阻止他。易大人，我相信你不会认为，没受过教育的人民可以投票吧？

易大人：我认为只有这种人可以投票。

管先生：那么在当代政坛你是不表立场的了，易
　　　　大人？

易大人：什么事情都绝对不可以表明立场，管先
　　　　生。表明立场是诚实的开端，而态度认
　　　　真很快就会跟进，从此一个人就变得
　　　　可厌了。不过呢，下议院却也无伤大
　　　　雅。你不能只凭国会立案，就使人向
　　　　善——这就很不错了。

管先生：你也不能否认，下议院对穷人的痛苦一
　　　　向深表同情。

易大人：那正是下议院特有的罪过。也正是当代
　　　　特有的罪过。一个人应该同情的，是生
　　　　命的喜悦、美丽与色彩。至于生命的伤
　　　　痛，少说为妙，管先生。

管先生：不过，伦敦东区的问题还是很严重。

易大人：一点也不错。正是奴隶制度的问题。而
　　　　政府竟想以取悦奴隶来解决。

洪夫人：正如你所说，易大人，这问题用通俗的

娱乐就大可解决了。可爱的杜伯尼博
士，我们教区的牧师，在副牧师的协助
下，为贫民安排的冬令娱乐，做得实在
出色。诸如幻灯机啦，传教士啦，或是
类似的通俗娱乐，都应该很见效。

庞夫人：珍，我根本不赞成要为贫民提供什么娱
乐。毛毯和煤炭足够了。上层阶级追求
逸乐，已经过了头。现在生活里我们缺
少的，是健康。目前的风气不健康，完
全不健康。

管先生：完全说对了，庞夫人。

庞夫人：相信我自己通常是对的。

艾太太：可怕的字眼，"健康"。

易大人：英文里最无聊的字眼了，大家都很明
白，通俗的观念里健康是什么。不过是
英国的乡绅骑马追狐狸的，教人吃不
进口。

管先生：请问，易大人，您是否认为上议院这机

构优于下议院？

易大人：好得多了，当然。我们在上议院根本不
　　　　理会舆论。所以我们才成为文明团体。

管先生：您表达这样的观点，是认真的吗？

易大人：十分认真，管先生。（向艾太太）这年
　　　　头大家有个俗气的习惯，就是在别人提
　　　　出一个观念之后，问人家是否当真。没
　　　　有什么事情当得了真，除了热情。理
　　　　性不能当真，从来不能。理性是一件乐
　　　　器，可以拿来演奏，如此而已。唯一当
　　　　真的说理方式是英国式的道理。而讲英
　　　　式道理，是由文盲来敲鼓。

洪夫人：你说谁在敲鼓呀，易大人？

易大人：我只是跟艾太太谈到伦敦报纸上的
　　　　社论。

洪夫人：可是报上所写的你都相信吗？

易大人：相信。这年头呀只有不堪一读的才是真
　　　　的事情。（跟艾太太一同起身。）

洪夫人：你要走了吗，艾太太？

艾太太：只走到暖房为止。今早易大人告诉我，
　　　　那边有一株兰花，美得像七大死罪。

洪夫人：天哪，希望没有这种东西，我一定要去
　　　　警告园丁。

　　　　（艾太太与易大人下。）

庞夫人：真不同凡响，艾太太。

洪夫人：她伶牙俐齿，有时候管不住自己。

庞夫人：艾太太管不住的，珍，只有这一件东
　　　　西吗？

洪夫人：希望如此，凯洛琳，我相信。（奥夫
　　　　烈勋爵上）亲爱的奥大人，欢迎光临。

　　　　（奥大人在史夫人旁边坐下。）

庞夫人：你相信人人都善良，珍。这是个大
　　　　毛病。

史夫人：你真的，真的认为，庞夫人，我们应该
　　　　相信人人都邪恶吗？

庞夫人：我认为这样比较安全，史夫人。当然

了，除非有一天你发现大家都良善。可
是这年头呀，这种事情要花许多功夫去
调查。

史夫人：可是在现代生活里，刻毒的丑闻太
多了。

庞夫人：昨晚在餐桌上易大人告诉我说，每一桩
丑闻都建立在千真万确的败德上。

管先生：易大人当然是一个大聪明人，不过我看
哪，他对于生命的高贵与纯洁，似乎欠
缺美好的信心：这种信心对我们的世纪
极为重要。

史夫人：对呀，非常，非常重要，可不是吗？

管先生：他给我的印象，是不欣赏我们英国家庭
生活之美。我要说，在这问题上他受了
外国观念的污染。

史夫人：什么，什么都比不上家庭生活这么美，
对吗？

管先生：家庭生活是英国伦理制度的中流砥柱，

史夫人。失去了它，我们就会跟邻国
一样。

史夫人：那就非常，非常惨了，对吗？

管先生：还有，我担心易大人把女人简直当作了
玩具。哪，我是绝对不把女人当玩具
的。于公于私，女人都是男人生活的精
神伴侣。没有女人，我们就会忘记真正
的理想。（在史夫人旁边坐下。）

（史夫人的注意转向奥大人。）

史夫人：听你这么说，我非常，非常高兴。

庞夫人：你结了婚吗，罐先生？

庞爵士：管先生，太太，管先生。

管先生：我结婚了，庞夫人。

庞夫人：有孩子了？

管先生：有。

庞夫人：几个呀？

管先生：八个。

（史夫人的注意转向奥大人。）

庞夫人：罐太太跟孩子们，我猜，都在海边度
假吧？

（庞爵士耸了耸肩。）

管先生：我太太是带了孩子们去海边，庞夫人。

庞夫人：你过几天要去会他们吧，不用说？

管先生：只要我公务不太忙。

庞夫人：你的从政事业一定源源不断，令罐太太
感到满意吧。

庞爵士：人家姓管哪，好太太，姓管。

史夫人：（对奥大人）奥大人，你这些金头香烟
真是非常，非常可爱。

奥大人：贵得厉害呢。只有欠债我才抽得起。

史夫人：欠债一定非常，非常痛苦吧。

奥大人：这年头呀，一个人必须找点事做。要是
我不欠债，我就没什么事情好思考的
了。凡我认识的家伙，个个都负债。

史夫人：可是借钱给你的债主有没有给你极大，
极大的麻烦呢？

（仆人上。）

奥大人：哦，没有，写信的是他们[1]，不是我。

史夫人：真是非常，非常奇怪。

洪夫人：啊，信来了凯洛琳，亚伯纳太太写的。她不来赴宴，真遗憾。可是晚上会过来。我真是高兴。这女人真讨人喜欢。字也写得漂亮，又大方，又有力。（把信递给庞夫人。）

庞夫人：（看信）欠一点闺秀气，珍。我最羡慕女人有闺秀气。

洪夫人：（收回信来，搁在桌上）哦！她非常秀气，凯洛琳，而且很善良。

你应该听听总铎怎么说她的。总铎认为她是自己教区里的得力助手。（仆人对她说话）在黄色大客厅。我们都进去吧？史夫人，我们都进屋去喝下午茶，

---

① 原译为写信是他们。

好吗？

史夫人：好极了，洪夫人。（众人起身，准备离去。庞爵士作势要为史夫人拿披风。）

庞夫人：约翰！史夫人的披风让你侄儿照料，你可以帮我拿针线篮。

（易大人偕艾太太上。）

庞爵士：当然，好太太。

（庞爵士下。）

艾太太：真奇怪，不漂亮的女人总是紧盯着自己的丈夫，漂亮的女人就绝对不会！

易大人：漂亮的女人没空呀。她们总是忙着紧盯别人的丈夫。

艾太太：我还以为，到现在了庞夫人总该厌倦婚姻的烦恼了吧！庞爵士是她的第四任了！

易大人：结这么多婚实在不正常。二十年的罗曼史使女人看来像废墟，可是二十年的婚姻哪，却使女人看来像办公大楼。

艾太太：二十年的罗曼史！有这样的事情吗?

易大人：这年头不会有。女人变得太聪明了。女人而有幽默感，最破坏罗曼史了。

艾太太：不然就是男人而欠幽默感。

易大人：一点也不错。在一座庙里，人人都应该正正经经，除了偶像本身。

艾太太：那，应该是男人吗?

易大人：女人下跪才高雅，男人不行。

艾太太：你想的是史夫人吧！

易大人：向你保证，我已经有一刻钟没想到史夫人了。

艾太太：她就这么神秘吗?

易大人：她不止是神秘——她是一种心情。

艾太太：心情不能耐久。

易大人：魅力正在于此。

（海丝特偕杰若上。）

杰　若：易大人，每个人都在恭喜我，洪夫人和庞夫人和……每一个人。我希望能做一个好秘书。

易大人：你会成为模范秘书的，杰若。（继续与他交谈。）

艾太太：你喜欢乡村生活吗，武小姐？

海丝特：喜欢极了。

艾太太：你不盼望参加伦敦的宴会吗？

海丝特：我不喜欢伦敦的宴会。

艾太太：我却羡慕极了。那种场合，聪明人根本不听别人讲话，笨人呢根本不开口。

武小姐：我觉得笨人才滔滔不绝。

艾太太：啊，我根本不听！

易大人：我的好孩子，要是我不喜欢你，我就不会雇你。就是因为我很喜欢你，才会要你跟我在一起。（海丝特与杰若下）可爱的小伙子，这亚杰若！

艾太太：他是很乖，真是很乖。可是我受不了那美国小姐。

易大人：为什么？

艾太太：她昨天跟我说，声音还很大，说她只有
　　　　十八岁，真是讨厌。

易大人：女人告诉你她的真实年龄，这种女人绝
　　　　对不能相信。这种事她都能告诉你，那
　　　　什么事都能告诉你了。

艾太太：此外，她还是清教徒。

易大人：啊，这就不可原谅了。相貌平凡的女人
　　　　做清教徒，我并不反对。这是她们长
　　　　得平凡的唯一借口。可是武小姐绝对
　　　　漂亮。我对她非常欣赏。（定睛注视艾
　　　　太太。）

艾太太：你真是一个彻底的坏男人！

易大人：你认为什么才是坏男人呢？

艾太太：欣赏天真无知的那种男人。

易大人：而坏女人呢？

艾太太：哦！男人从不厌倦的那种女人。

易大人：你太苛求了——对自己。

艾太太：把我们女性下个定义吧。

易大人：没有秘密的人面狮身。

艾太太：那也包括女清教徒吗？

易大人：你知道吗，我才不相信女人有什么清教徒！我不认为世界之大会有一个女人，你向她求爱，竟会毫不自得的。正因为这样，女人的可爱才无可抗拒。

艾太太：你认为世界上没有女人会反对别人求吻吗？

易大人：有也很少。

艾太太：武小姐就不会让你吻她。

易大人：你确定吗？

艾太太：十分确定。

易大人：要是我吻了她，你认为她会怎样？

艾太太：要不就嫁给你，要不就用手套打你耳光。要是她用手套打你耳光，你又会怎样？

易大人：爱上她吧，也许。

艾太太：那你真是幸运，不打算吻她！

易大人：这算是挑战吗？

艾太太：我不过无的放矢而已。

易大人：你不知道我要做的事都做得成吗？

艾太太：听你这么说，真是遗憾。我们女人爱的
　　　　是输家。输家才会依赖我们。

易大人：你们崇拜赢家。你们攀附的是赢家。

艾太太：我们是掩饰赢家秃头的桂冠。

易大人：而他们永远需要你们，除了在胜利的
　　　　刹那。

艾太太：一胜利他们就乏味了。

易大人：你们真是可望而不可即！

　　　　（稍停。）

艾太太：易大人，有一样东西会令我永远喜欢你。

易大人：只有一样东西吗？我的坏处多着呢。

艾太太：啊，也不必因此太得意吧。否则老来你
　　　　就全丧失了。

易大人：我根本不准备变老。灵魂生来衰老，却
　　　　愈来愈年轻。这正是生命的喜剧。

艾太太：而肉体生来年轻，却愈变愈老。正是生

命的悲剧。

易大人：也是喜剧，有时候。可是有什么神秘的
　　　　原因会令你永远喜欢我呢？

艾太太：那就是你还没有向我求爱。

易大人：我一直在做的，不全是这件事吗？

艾太太：真的吗？我一直倒没注意啊。

易大人：幸亏如此！否则对你我都是悲剧。

艾太太：可是彼此都死不了。

易大人：这年头呀，一个人再怎么都能绝处逢
　　　　生，除非碰上死亡，而且什么都能在生
　　　　前洗刷，除了一世英名。

易大人：人生千般烦恼之中，这一桩我倒从未遭
　　　　遇过。

艾太太：说不定会的。

易大人：你为什么要吓我呢？

艾太太：等你吻过那清教徒，我就会告诉你。

　　　　（仆人上。）

法兰西斯：大人，茶会在黄色大客厅里。

易大人：告诉夫人，我们马上就来。

法兰西斯：是，大人。

　　　　（仆人下。）

易大人：我们进去喝茶吧？

艾太太：你喜欢这种单纯的享受吗？

易大人：我最爱单纯的享受了。单纯的享受乃
　　　　是复杂心灵的避难所。不过，只要你
　　　　高兴，我们就留下来吧。对，留下来。
　　　　《生命之书》就是以一男一女在花园里
　　　　开始。

艾太太：却以《启示录》告终。

易大人：你的剑术很高妙，可是剑头的护罩
　　　　掉了。

艾太太：我还有面罩呢。

易大人：因此你的眼睛更可爱。

艾太太：谢谢你。走吧。

易大人：（见到亚伯纳太太的信在桌上，拿起来
　　　　看一下信封。）好奇怪的笔迹！使我想

起许多年前我认识的一个女人，笔迹也
是这样。

艾太太：谁呀？

易大人：哦，不是谁。谁都不是。无关紧要的一
个女人。（把信放下，与艾太太走上露
天平台的梯级。两人相视而笑。）

幕　落

第二幕

THE SECOND ACT

布　景：洪氏丹敦庄宅的大客厅，晚宴之后，灯光通
　　　　明。舞台左、右角各有一门。

（女宾坐在沙发上。）

艾太太：多舒服啊，暂时摆脱了那些男人！

史夫人：是啊，男人把我们害得够惨了吧？

艾太太：害我们？我倒宁可给他们害。

洪夫人：天哪！

艾太太：可恶的是，那些讨厌鬼没有我们照样乐
　　　　得很。所以我认为每个女人都有责任，
　　　　绝对不能有片刻放任他们，除非是在餐
　　　　后喘息一下，否则我相信我们这些可怜
　　　　的女人一定会累出黑眼圈来。

　　　　（仆人端咖啡上。）

　　　　单身汉之多，简直不堪。应该通过一
　　　　个法案，强迫他们一年之内必须通通

结婚。

洪夫人：累出黑眼圈来？

艾太太：是呀，洪夫人。要逼迫男人上进，真是辛苦。他们总想逃避我们。

史夫人：我倒觉得是我们总想逃避他们。男人真的非常，非常无情。他们知道自己有力量，而且会利用。

庞夫人：（从仆人手上接过咖啡）这一套男人经简直胡说八道！最好的办法是教他们守住本分。

艾太太：可是什么是男人的本分呢，庞夫人？

庞夫人：照顾自己的太太嘛，艾太太。

艾太太：（从仆人手上接过咖啡）真的吗？如果他们没有结婚呢？

庞夫人：他们如果没有结婚，就得去找一位太太了。在上流社会混来混去的单身汉之多，简直不堪。应该通过一个法案，强迫他们一年之内必须通通结婚。

史夫人：（拒接咖啡）万一他们爱上的人，已经另有归属了呢？

庞夫人：万一如此，史夫人，他们就应该在一星期内跟一位相貌平平的良家女孩结婚，好教训他们别跟他人的眷属乱搞。

艾太太：我不认为谁可以把我们说成"他人的眷属"。所有的男人都是已婚女人的眷属。这就是"已婚女人眷属"的唯一正确定义。可是我们并不属于谁。

史夫人：哦，我真非常，非常高兴听到你这番高论。

洪夫人：可是你真的认为，凯洛琳，这种事靠立法能有丝毫改进吗？我就听说，这年头呀，所有已婚的男人日子都过得像单身汉，而单身汉呢，都过得像已婚男人。

艾太太：这两种男人我根本分不清。

史夫人：哦，我想一个男人有没有家累，一眼就看出来了。我发现，许多已婚男人的眼

里都有非常，非常悲伤的表情。

艾太太：我只发现，这些人一律无聊透顶，如果是好丈夫；又傲慢至极，如果是坏丈夫。

洪夫人：嗯，比起我年轻的日子来，也许丈夫的类型已经完全变掉了，不过我必须说明，可怜我的好洪老爷人真可爱，真金不换。

艾太太：啊，我的丈夫却是一张期票，我早已厌于如期付现了。

庞夫人：但是你不时还得为他延期吧？

艾太太：啊，没有，庞夫人，迄今我只有一个丈夫。想必你认为我是个大外行。

庞夫人：听你的人生观，我只当你从未结过婚。

艾太太：彼此彼此。

洪夫人：乖孩子，我相信你的婚姻生活其实非常幸福，只是你想把幸福瞒住别人。

艾太太：不瞒您说，我被恩纳斯特骗惨了。

洪夫人：哦，不至于吧，乖孩子。我跟你的婆婆
　　　　很熟。她是施垂敦家人，凯洛琳，克大
　　　　人的千金。

庞夫人：施家的维多利亚吗？我太记得她了。金
　　　　发的傻女人，没有下巴。

艾太太：啊，恩纳斯特倒是有下巴的。他的下巴
　　　　非常坚强。方方正正的下巴。他的下巴
　　　　太方板了。

史夫人：你真认为男人的下巴会太方正吗？我认
　　　　为男人的长相应该非常，非常坚强，而
　　　　下巴应该十分，十分方正。

艾太太：那你实在应该认识恩纳斯特，史夫人。
　　　　为了公平起见，必须预先奉告，他不跟
　　　　人交谈的。

史夫人：我最欣赏沉默的男人了。

艾太太：哦，恩纳斯特才不沉默呢。他滔滔不
　　　　绝，可是并非跟人交谈。他说些什么我
　　　　不知道。我已经好多年不去听了。

史夫人：你一直都不原谅他吗？似乎太悲哀了！
不过人生总是非常，非常悲哀，对吗？

艾太太：人生呀，史夫人，本来就是又苦又短，
却是由一些美妙的刹那串成。

史夫人：是呀，确有这样的刹那。不过，是因为
艾伦比先生犯下了重大，重大的错误
吗？是因为他生你的气，说的话太刻毒
或是太坦白吗？

艾太太：哦，我的天，倒没有。恩纳斯特一贯地
平静。他经常令人受不了，这也是一大
原因。平心静气，最令人冒火。现代好
多男人脾气之好，到了简直残暴的地步。
真不懂我们女人竟然如此逆来顺受。

史夫人：对呀，男人脾气好，说明他们不像我们
这么敏感，先天这么精致。这在夫妻之
间就形成一大障碍，你说对吗？我还
是很想知道，艾伦比先生究竟犯了什
么错。

艾太太：好吧，我会告诉你，只要你郑重地保
　　　　证，从此你会到处张扬。

史夫人：多谢，多谢。我会负责到处去张扬。

艾太太：当初恩纳斯特跟我订婚，他跪着郑重地
　　　　向我发誓，说他这一生在我之前从未爱
　　　　过谁。那时我还很年轻，所以，不用
　　　　说，我根本不相信他。可是不幸的是，
　　　　直到我们婚后四五个月，我才向人打
　　　　听。这才发现，他婚前告诉我的话竟然
　　　　千真万确。一个男人竟然是这样，简直
　　　　索然无味。

洪夫人：我的天！

艾太太：男人总想做女人的初恋。这是他们笨拙
　　　　的虚荣。我们女人看事情啊，天生精
　　　　明得多了。我们反而要做男人最后的
　　　　情人。

史夫人：我懂你的意思。说得太美，太美了。

洪夫人：好孩子，难道你是说，你不能原谅丈

夫，就因为他从未爱过别人吗？你听过这种事情吗，凯洛琳？我真是惊讶。

庞夫人：哦，女人受的教育太高了，珍，这年头什么都吓不倒我们了，除了幸福的婚姻。幸福的婚姻呀，显然越来越少了，少得可观。

艾太太：哦，幸福的婚姻已经过时了。

史夫人：除非在中产阶级，我听说。

艾太太：也只配中产阶级！

史夫人：对呀，可不是吗？——太像，太像中产阶级了。

庞夫人：如果中产阶级真如你所说的那样，史夫人，那对他们的声誉真是大有帮助。非常遗憾的是，在我们的社交层次，做妻子的竟然要一贯地表现轻浮，因为印象之中贵妇嘛，显然本该如此。上流社会众所皆知的那许多婚姻所以不幸，我认为原因在此。

艾太太：你知道吗，庞夫人，我不认为妻子的轻
浮跟这件事有什么关系。这年头呀，许
多婚姻之所以失败，大半得怪做丈夫的
太通情达理。如果男人一定要把女人当
成全然可以理喻，我们怎么能指望，跟
那种男人在一起的女人能够幸福呢？

洪夫人：我的天！

艾太太：男人呀，可怜的、可笑的、可靠的、不
能缺少的男人，这种性别千万年来一直
都有理可喻。他们改变不了，天生如
此。女人的历史就不同了。我们对付凡
事只求合理的恶习，历来都抗议得有声
有色。从一开始我们就看出只会讲理的
危险了。

史夫人：对呀，做丈夫的都通情达理，真是非
常，非常烦人。你对理想丈夫有什么看
法，务必告诉我。这对我应该非常，非
常有用。

艾太太：理想丈夫？没有这回事。这一套一无
　　　　是处。

史夫人：那，就请说理想男人跟我们的关系吧。

庞夫人：他也许极端现实。

艾太太：理想的男人！哦，理想男人对我们的口
　　　　吻，应该把我们当女神，而对我们的态
　　　　度，应该把我们当小孩。他应该拒绝我
　　　　们所有的正经要求，而满足我们一切
　　　　的幻想。他应该鼓励我们反复无常，而
　　　　不准我们追求使命。他应该永远言重意
　　　　轻，更应该经常意深言浅。

洪夫人：可是他怎么能两样兼顾呢？

艾太太：他绝对不可以挑剔别的美女，否则就会
　　　　显得没有品味，或者令人怀疑品味太
　　　　高。那不行；他应该善待所有的美女，
　　　　而说，不知为何她们都迷不了他。

史夫人：对呀，听人家用这样口吻说别的女人，
　　　　总是非常，非常悦耳。

艾太太：不管我们问他什么问题，他的回答应该
　　　　只针对我们本身。他赞美我们的，一律
　　　　是明知我们欠缺的优点。可是我们从未
　　　　梦想要具备的美德，他却应该无情地，
　　　　十分无情地拿来挑剔我们。他绝对不可
　　　　以相信：我们会知道有用的东西为什么
　　　　有用。我们要是知道，就不可原谅了。
　　　　可是凡我们不要的东西，他却送得很
　　　　慷慨。

庞夫人：依我看哪，只要有钱付账有嘴恭维，就
　　　　是理想男人了。

艾太太：理想男人当众应该不断地令我们丢脸，
　　　　而私下却对我们十分尊重。不过，他还
　　　　得随时准备大吵一场，只要我们想吵，
　　　　然后说变就变，变得可怜，十分可怜，
　　　　而不到二十分钟又理直气壮地谴责我
　　　　们，令人不知所措，半小时后更大发脾
　　　　气，接着，在八点差一刻，正当我们得

换衣赴宴，竟断然离我们而去。之后，当你真的不见他了，而他也拒绝收回以前送给你的那些小玩意儿，并且保证不再跟你联络或是写愚蠢的信给你，他就应该伤心欲绝，成天发电报给你，每隔半小时由私家马车送来字条，而且孤苦伶仃地去俱乐部晚餐，让大家都知道他多么不快乐。于是又过了可怕的一整个星期，其间你跟自己的丈夫到处走动，只为了表示你有多么寂寞，然后你在晚上可以第三度向他诀别，然后，如果他的行为一直无可挑剔，而你也真的亏待了人家，那就应该允许他承认他完全错了，等他承认过了，就轮到女人有责任来原谅对方。于是你一切从头再来过，略有出入而已。

洪夫人：你真聪明，好孩子！其实你说的没有一个字当真。

史夫人：多谢，多谢。说得真是动人。我得完全
　　　　记住才行。有好多细节都非常，非常
　　　　重要。

庞夫人：可是你还没有告诉我们，这理想的男人
　　　　会有什么奖赏呢。

艾太太：他的奖赏吗？哦，无限的期待呀。对他
　　　　该很够了。

史夫人：可是男人不都是非常，非常苛求吗？

艾太太：那没有关系。我们绝对不能屈服。

史夫人：对理想男人也不可以吗？

艾太太：当然不可以。除非，不用说，你想讨
　　　　厌他。

史夫人：哦，对呀。我懂了。真是，真是受益匪
　　　　浅。你认为，艾太太，我可能遇见理想
　　　　男人吗？会不会不止一个呢？

艾太太：伦敦正好有四个，史夫人。

洪夫人：哦，我的天！

艾太太：（走去她面前）怎么啦？告诉我。

洪夫人：（低语）我完全忘记那美国小姐一直在这间房里了。只怕这一番俏皮话里，有几句会有点吓到她。

艾太太：啊，那对她也很有好处！

洪夫人：只希望她没听懂太多。我想我应该过去陪她聊聊。（起身走向海丝特）哎呀，我的好武小姐。（坐在她旁边）你好安静啊，一直坐在这舒服的小角落里！想必你一直在看书吧？这边的图书室里书多着呢。

海丝特：没有，我一直在听你们讲话。

洪夫人：你知道，好孩子，那些话你不必句句当真。

海丝特：我一句也不相信。

洪夫人：那就对了，好孩子。

海丝特：（只顾说下去）今晚您府上有些贵宾的高见，我不能相信有什么女人竟会有这种人生观。（难堪的间歇。）

洪夫人：听说你们美国的社会非常愉快。有些地
方很像我们英国，我儿子来信说的。

海丝特：美国也有派系，洪夫人，跟别处一样。
不过真正的美国社会无非是我国所有的
好女人加上所有的好男人。

洪夫人：真是合理的制度，我敢说也十分愉快吧。
在英国，只怕人为的社会隔阂太多了。
对中产阶级和下层阶级我们了解得不够。

海丝特：在美国我们没有下层阶级。

洪夫人：真的呀？多奇怪的安排！

艾太太：那可怕的女孩在说什么呀？

史夫人：她真是天真得讨厌，对吗？

庞夫人：有很多东西听说你们美国没有，武小姐。
人家说你们没有废墟，也没有古董。

艾太太：（对史夫人）胡说！他们有自己的母亲，
自己的习俗。

海丝特：我们的古董，有英国的贵族社会来供
应，庞夫人。每年夏天，一批批的古

董，用轮船定期送过海来，登陆第二天就向我们求婚。至于废墟呢，我们正努力建造的东西，要比砖块跟石头更加耐久。（起身从桌上拿起自己的扇子。）

洪夫人：那①是什么呢，好孩子？啊，对了，一场钢铁的展览，是吧，在一个什么地方，名字蛮怪的？

海丝特：（站在桌旁）我们正努力建造的是一种生活，洪夫人，它的基础比你们在英国的生活所依靠的，更好、更真、更纯。这，你们大家听来一定觉得奇怪，怎么会不奇怪呢？你们英国的这些有钱人，根本不了解自己过的是什么日子，你们怎么会了解呢？你们把文雅的、良善的人都排除在社交圈外。你们看不起朴素和纯真的人。你们过日子不是靠别人就

① 原译为哪。

064

是差别人，所以瞧不起别人的自我奉献；如果你们把面包丢给穷人，也只是为了要安抚他们一个时期。你们有的是排场、财富、艺术，却不懂该怎么过日子——简直就不懂。你们爱的，是自己看得见、摸得到、用得着的美，自己能毁坏、也真毁坏了的美，可是生命中看不见的美，更高的生命中看不见的美，你们却一无所知。你们已经失去了生命的奥秘。哦，你们英国的上流社会，在我看来只是肤浅、自私、愚蠢。自己把眼睛蒙住了，把耳朵堵住了。躺下去像麻风①穿锦衣，坐起来像死人涂金粉。完全不行，完全不行。

史夫人：我不认为这一套有什么好听的。不是十分，十分文雅吧？

———————

① 原译为麻疯。

洪夫人：亲爱的武小姐，我还以为你很喜欢英国的社会呢。你在这里也很得人缘。上流人物都很赏识你。魏斯敦大人怎么说你的，我全忘了——不过都是赞不绝口，你也知道他是选美的权威。

海丝特：魏斯敦大人！我记得他，洪夫人。这个人的笑容很恐怖，旧账也很恐怖。他到处有人请。宴会都缺不了他。可是被他毁了的那些人呢？现在都没人理了，也没人晓得了。你在街上遇到她们，都会掉头不顾的。我并不怪她们自讨苦吃。凡是有罪的女人都活该受罪。（亚伯纳太太披着披风，戴着面纱，从后面的露台上。她听到了海丝特最后一句话，吃了一惊。）

洪夫人：我的好小姐！

海丝特：她们是应该受罪，但是不应该只让她们受苦。如果男女都犯了罪，就该让两人

都去沙漠，去相爱或者相怨。双方都应
该背负恶名。高兴的话，也不妨每人
都留下记号，可是不能只惩罚一方而放
过另一方。不能对男人是一套法律，对
女人是另一套。在英国你们对女人不公
平。除非你们承认，女人引以为羞的，
男人也应当引以为耻，你们就永远不会
公平，而正义，火焰的支柱，邪恶，烟
雾的支柱，在你们眼中就含糊不清，不
是根本看不见，就是见了也不认得。

庞夫人：武小姐，乘你站起来了，能不能麻烦你
　　　　把你背后的针线递给我？谢谢你。

洪夫人：我的好亚太太！真高兴你来了。可是刚
　　　　才没听见仆人通报。

亚太太：哦，我直接从露台进来的，洪夫人，你
　　　　没有告诉我府上有宴会。

洪夫人：算不上宴会。只是有几位客人来屋里过
　　　　夜，你一定要见一见。请跟我来。（作

势引路。摇铃）凯洛琳，这位是亚伯纳太太，我的好朋友。庞夫人、史夫人、艾太太，还有我的美国年轻朋友武小姐，她正在说我们英国人有多坏。

海丝特：恐怕您认为我的话说得太重了，洪夫人。可是在英国有些事情 ——

洪夫人：我的好小姐，你刚才讲的话，我敢说，很有道理，而你说的时候表情真是动人；这比言之有物更加重要，易大人总这么说。只有其中一点，我认为你提到庞夫人的哥哥，可怜的魏斯敦大人的时候，说得苛刻了一些。他其实很好相处。（仆人上）把亚太太的东西接过来。

（仆人带披肩之类下。）

海丝特：庞夫人，想不到是您哥哥。真抱歉冒犯您了 —— 我 ——

庞夫人：我的好武小姐，你刚才简短的演说，容我叫它作演说，其中只有一段我完全同意，就是说到我哥哥的那段。你再怎么骂他，都不为过。我承认亨利是恶名昭彰，绝对是恶名昭彰。不过我不能不指出，珍，正如你刚才说的，我哥哥最好相处，他家的厨师在伦敦也要算一流，而一顿好菜下肚之后，什么人你都能原谅，就连自己的亲戚。

洪夫人：（对武小姐）哪，好孩子，来这边，跟你介绍亚伯纳太太。你刚才还说我们从不招待的人里面，她正是又好、又甜、又单纯的例子。亚太太很难得来我家，真遗憾。可是这不能怪我。

艾太太：真讨厌，那些男人在晚餐后这么久还不散！我猜，他们正在大讲我们的坏话呢。

史夫人：你真以为是这样吗？

艾太太：包你如此。

史夫人：多么，多么可怕呀！我们去露台上好吗？

艾太太：哦，千万要躲开这些豪门遗孀跟糟老太婆。（起身，与史夫人走去左角的边门）我们只是去看星星，洪夫人。

洪夫人：星星多的是，好太太，多的是。可是别着了凉。（对亚伯纳太太）大家都非常舍不得杰若呢，亚太太。

亚太太：易大人真的自动要聘杰若做他的秘书吗？

洪夫人：哦，是呀！这件事他做得真漂亮。他对令郎极其看重。你不认识易大人吧，我敢说。

亚太太：我从没见过他。

洪夫人：你听过他的大名吧，一定？

亚太太：恐怕也没听过。我跟世界非常隔绝，也很少跟人来往。只记得多年前听说有一位年老的易林华斯勋爵，住在约克郡，我想。

洪夫人：对呀。那该是上一任的伯爵。他是个怪人，曾经想娶平民，还是不愿低就，我猜。当时成了丑闻。现在这位易大人完全不同，非常杰出。他做过——嗯，他什么也不做；这件事哪，只怕我们漂亮的美国客人认为，无论是谁这么闲着，都非常不对，我也不知道他对你十分关切的话题，有多在乎，我的好亚太太。凯洛琳，你认为易大人会关切贫民住宅方案吗？

庞夫人：我猜他绝对不会，珍。

洪夫人：大家的品味各有不同，是吧？可是易大人地位非常崇高，只要他肯开口，没有东西是得不到的。当然了，他还是比较年轻，而继承爵位时也才——凯洛琳，易大人继位到底多久了？

庞夫人：大约四年吧，珍，我想。我记得，跟我哥哥上次被晚报揭发，是同一年。

洪夫人：啊，我记起来了。应该是四年前吧。当然，在现任的易林华斯伯爵之外，本来还有很多人选，更有资格继位，亚太太。譬如哪——还有谁来着，凯洛琳？

庞夫人：还有可怜的①玛格丽特的宝宝。你该记得她拼命想生个男孩，果然是男孩，可惜死了，不久她丈夫也死了，而她几乎是立刻嫁给了阿斯各勋爵家的一个儿子，听说，新丈夫还常打她。

洪夫人：啊，那是他家的家风，凯洛琳，人家的家风。这中间，我记得，还有个牧师，一心想当疯子，还是疯子一心想当牧师，我忘记哪一样了，不过我知道大法官法庭调查过这件事，判决他完全正

---

① 原译为可怜。

常。后来在可怜的普兰斯泰勋爵府上我
见到他，头发里夹着麦秆，还是整个人
非常古怪，我记不清了。西席丽亚小姐
生前见不到自己的儿子继承爵位，凯洛
琳，我一直觉得可惜。

亚太太：西席丽亚小姐？

洪夫人：易大人的母亲，亚太太，是吉宁安公爵
夫人漂亮女儿中的一位，后来嫁给哈福
德爵士，当时大家都认为丈夫配不上
她，却又说她丈夫是伦敦第一美男子。
我跟他们一家都很熟，包括那两个儿
子，亚瑟跟乔治。

亚太太：想必是长子继承爵位吧，洪夫人？

洪夫人：没有，长子打猎送了命，还是钓鱼死的
呢，凯洛琳？我忘了。可是乔治什么都
得到了。我一直跟他说，不是长子而能
有这样的好运，只有他了。

亚太太：洪夫人，我有话立刻要跟杰若讲。我可

　　　以见他吗？能找他来吗？

洪夫人：当然了。我会差仆人去餐厅叫他。不
　　　晓得男士们为什么这么久还不散。（按
　　　铃）我最早认识易大人，他还是普普通
　　　通的乔治·哈福德，不过是交际场中一
　　　位很潇洒的公子哥儿，简直一文不名，
　　　全得靠可怜的西席丽亚给他。母亲对
　　　他爱护备至，我想，主要因为他跟父亲
　　　合不来。哦，亲爱的总铎来了。（向仆
　　　人）不用了。

　　　（庞爵士与杜伯尼博士上。庞爵士走向
　　　史夫人。杜伯尼博士走向洪夫人。）

总　铎：易大人真是有趣。太高兴了。（见到亚
　　　伯纳太太）啊，亚太太。

洪夫人：（对杜伯尼）你看，我把亚太太终于请
　　　来了。

总　铎：您的面子真大，洪夫人。内人要羡慕
　　　死了。

洪夫人：真遗憾尊夫人今晚不能一同光临。又是
　　　　头痛吧，我看。

总　铎：是呀，洪夫人；受罪死了。可是她一个
　　　　人最自在，一个人最自在。

庞夫人：（对丈夫）约翰！

　　　　（庞爵士走去妻子身边。总铎与洪夫人、
　　　　亚太太交谈。）

　　　　（亚太太一直注意易大人。他却越过房
　　　　间而未发现她，反而走近艾太太；艾
　　　　太太正与史夫人站在门边，向露台
　　　　望去。）

易大人：天下第一美人，你好。

艾太太：（握住史夫人的手）我们都很好，谢谢
　　　　你，易大人。可是你在餐厅里只待了一
　　　　会儿呀！好像我们刚才从餐厅出来。

易大人：我刚才闷死了。一直没有开腔。急死
　　　　了，想进来找你。

艾太太：你早该如此。那美国女孩一直在对我们

说教。

易大人：真的吗？美国人都爱说教，我相信。我
　　　　猜这跟他们的气候有关系。她说些什
　　　　么呢？

艾太太：哦，清教了，当然。

易大人：我岂能不教她叛教呢？你限我多久的
　　　　时间？

艾太太：一个礼拜。

易大人：要不了一个礼拜。

　　　　（杰若与奥夫烈大人上。）

杰　若：（走向亚太太）亲爱的母亲。

亚太太：杰若，我很不舒服。送我回家吧，杰
　　　　若，我不该来的。

杰　若：真遗憾，母亲。好吧，可是您得先见见
　　　　易大人。（越过房间。）

亚太太：今晚不行，杰若。

杰　若：易大人，我很想为您介绍我母亲。

易大人：好极了。（对艾太太）我一下子就回来。

人家的母亲一律令我厌烦。女人到头来
全像自己的母亲。那是女人的悲剧。

艾太太：男人到头来全不像自己的母亲。那是男
人的悲剧。

易大人：你今晚的心情真好！（转身与杰若越过
房间走向亚太太。见到她，他惊疑得退
了一步，然后慢慢转看杰若。）

杰　若：母亲，这是易大人，他要雇我做他的私
人秘书。（亚太太冷然点头）这对我真
是件好差事吧？但愿我不致令他失望
就是了。您也向易大人道谢一声好吗，
母亲？

亚太太：我相信，易大人是好心，一时兴起关心
起你来。

易大人：（手按杰若的肩膀）哦，杰若跟我已经
是好朋友了，亚……太太。

亚太太：您跟我的儿子根本扯不上关系，易大人。

杰　若：母亲，您怎么能这样说呢？当然了，易

大人聪明绝顶，没话说。没有什么事情
是易大人不懂的。

易大人：我的好孩子！

杰　若：我没有见过谁像他这么了解人生。在您
　　　　面前，我觉得自己特别笨，易大人。当
　　　　然了，我一直没什么条件，不像别人上
　　　　过伊敦或者牛津。可是易大人似乎并不
　　　　在乎。他一直对我很好，母亲。

亚太太：易大人也许会改变主意。他也许并不是
　　　　真要你做秘书。

杰　若：母亲！

亚太太：你别忘了。就像你自己刚才说的，你没
　　　　有什么条件。

艾太太：易大人，我要跟你谈一下。过来吧。

易大人：失陪了，亚太太。嗯，别再让你的好母
　　　　亲出什么难题了，杰若。事情就这么说
　　　　定了吧。

杰　若：但愿如此。

（易大人越过房间走到艾太太面前。）

艾太太：还以为你再也摆不脱穿黑丝绒的那个女
　　　　人了呢。

易大人：她真是帅气极了。（望着亚太太。）

洪夫人：凯洛琳，我们都转去音乐室好吗？武小
　　　　姐就要演奏了。你也一起来好吗，亚太
　　　　太？你料不到节目会有多精彩。（对总
　　　　铎）我真得拣一天下午带武小姐去府上。
　　　　非常希望您夫人能听她拉小提琴。啊，
　　　　我忘了。尊夫人的听觉有点不便，是吗？

总　铎：为了重听，她非常辛苦。现在她连我的
　　　　讲道也听不见了，只能在家念我的讲辞。
　　　　可是她自己有的是办法，有的是办法。

洪夫人：她阅览很广吧，我想？

总　铎：只能看最大号的字体。视力也很快在减
　　　　退。不过她绝无病态，绝无病态。

杰　若：（对易大人）去音乐室之前，易大人，您
　　　　得好好跟我母亲谈谈。不晓得为什么，

她似乎认为您对我说的话并不当真。

艾太太：你来不来呀？

易大人：等一下就来。洪夫人，如果亚太太可以
的话，我有几句话要告诉她，我们待会
儿就来。

洪夫人：啊，当然。你有很多话要对她说，她也
有很多事情要谢你。并非每个人家的儿
子都能得到这样的好差事啊，亚太太。
不过想必你很领情。

庞夫人：约翰！

洪夫人：嗯，不要把亚太太留得太久，易大人。
我们不能缺她。

（随众来宾下。音乐室传来小提琴声。）

易大人：原来他就是我们的儿子，瑞巧！嗯，真
令我觉得有光彩①。真是哈家的人，不折
不扣。对了，瑞巧，为什么姓亚伯纳呢？

----

① 原译为光采。

亚太太：姓什么不都一样，反正姓什么都没名分？

易大人：也罢了 —— 可是为什么叫杰若呢？

亚太太：为了纪念一个人，我伤了他的心 ——
　　　　纪念我父亲。

易大人：唉，瑞巧，过去的别提了。现在我只能
　　　　说，我们这孩子令我非常非常满意。大
　　　　家只会把他当作我的私人秘书，可是我
　　　　会把他当作至亲至爱。真是奇妙啊，瑞
　　　　巧，从前我的生命似乎已经十全十美，
　　　　其实不然，还缺了一样什么，缺了一个
　　　　儿子。现在我找到了自己的儿子，真高
　　　　兴找到了。

亚太太：你没有权利来认他，哪怕①是他的一
　　　　分一毫。这孩子完全是我的，永远是
　　　　我的。

易大人：亲爱的瑞巧，你一直拥有他，二十多年

---

① 原译为不管。

了。为什么现在不让我拥有他一下呢?
他不折不扣是我的,不下于是你的。

亚太太:你说的是自己遗弃的孩子吗? 为了你,
这孩子说不定会死于饥饿与贫困。

易大人:你忘了,瑞巧,当初是你丢下我,不是
我丢下你。

亚太太:我丢下你,是因为你不肯让这孩子姓你
们哈家。孩子出世之前,我曾经求你
娶我。

易大人:当时我并没指望会继承爵位。而何况,
瑞巧,我那时并不比你大多少。我只有
二十二岁呀。而整件事在你父亲家花园
起头的时候,相信我只有二十一岁。

亚太太:一个人年纪大到能做坏事,也就大到该
做好事。

易大人:亲爱的瑞巧,思想上的泛泛之论总是动
人的,可是道德上要一概而论就太空洞
了。至于说我会让儿子挨饿,那全然是

无稽又无聊。我母亲想付你每年六百
镑，可是你什么都不要。你干脆一走了
之，把孩子也带走了。

亚太太：我一分钱也不要她的。你的父亲却不
同。我们在巴黎，他当着我的面，跟你
说你有责任娶我。

易大人：哦，责任嘛，一个人总是指望别人来尽，
而不归自己来担当。自然而然，当时我
只听母亲的。每个男人年轻时都是那样。

亚太太：很高兴听你这么说。所以杰若当然不能
跟你走。

易大人：胡说八道，瑞巧！

亚太太：你以为我会让我的儿子——

易大人："我们的"儿子。

亚太太：让我的儿子（易大人耸肩）被人带走：
那个人糟蹋了我的青春，毁掉了我一

生，玷污了我岁月的每一分每一秒①？
这些年来我过得有多痛苦、多羞辱，你
根本不能体会。

易大人：亲爱的瑞巧，坦白说，我认为杰若的未
来比你的过去要重要得多。

亚太太：杰若的未来没法跟我的过去分开。

易大人：这件事正是他应该做的。也正是你应该
帮他做的。你真是典型的女人！说得那
么感情用事，其实一直是彻头彻脑的自
私。我们不要吵了。瑞巧，看待这件
事，我希望你用常识的观点，也就是尽
量成全我们儿子的观点，不要牵扯到你
我。我们的儿子现在算什么呢？英国三
级小镇上一家州立小银行的低薪行员。
你要是幻想他对这份差事十分满意，就
错了。他根本不满足。

----

① 原译为每一分一秒。

亚太太：遇见你以前，他并没有不满足。是你使
　　　　他不满足的。

易大人：当然是我使他不满足的。不满，正是一
　　　　个人或一个国家所以进步的第一步。可
　　　　是我并没有害他对许多东西只能向往而
　　　　不能获得。相反的，我给了他一个好差
　　　　事。他欣然接受了，不用我说，凡是年
　　　　轻人都会的。而现在，只因为我正巧是
　　　　那孩子的父亲而他正巧是我的儿子，你
　　　　的建议等于要我毁了他的事业。就是
　　　　说，如果我是陌生人，你就愿意让他跟
　　　　我去，但是只因为他是我的亲骨肉，你
　　　　就反而不肯。你简直不讲理！

亚太太：我不会放他走的。

易大人：你怎么能阻止他呢？你有什么理由劝他
　　　　回绝我的这件差事呢？我不会告诉他我
　　　　跟他有什么关系，不用说。可是你不敢
　　　　告诉他。你自己明白。想想看，你是怎

么把他教大的。

亚太太：我教他长大要做君子。

易大人：正是如此。结果怎么样？万一他发现了你的真相，你给他的教养正好用来审判你。他审判起来，又会有多刻毒，多不公道。别受骗了，瑞巧。做子女的，开头总是爱父母的。后来，就会判断父母。却很少会原谅父母的，就算是有心吧。

亚太太：乔治，别把我的孩子抢走。我伤心了二十年，只有他来爱我，只有他我可以爱。这一生，你一直欢欢喜喜，顺顺利利。你一直在享乐，从不想到我们。照你的人生观来看，你也毫无理由要想起我们。碰见我们了，不过是件意外，可怕的意外。算了吧。现在可别来抢走……抢走我仅有的这一切吧。你在

别的方面①已经太富有了。我命中的小
葡萄园就留给我吧；留下我围墙里的花
园和水井；上帝赐我的小绵羊，不管天
意是怜悯或震怒，哦，请留给我吧。乔
治，别把杰若抢走。

易大人：瑞巧，此刻你对杰若的事业并非必要；
　　　　我却相反。这件事不用再谈了。

亚太太：我不会放他走的。

易大人：杰若来了。他有权自己决定。

　　　　（杰若上。）

杰　若：嗯，亲爱的母亲，想必您跟易大人都谈
　　　　妥了吧？

亚太太：还没有呢，杰若。

易大人：你的母亲好像不喜欢你跟我走，不晓得
　　　　为什么。

杰　若：为什么，母亲？

---

① 原译为别方面。

亚太太：我还以为你跟我在一起觉得很快乐呢，杰若。不料你竟然这么急着要离开我。

杰　若：母亲，您怎么能这样说呢？跟您在一起我当然非常快乐。可是一个男人总不能老跟着自己的母亲呀。谁也不会。我需要的是地位，好做一番事业。我还以为，我能做易大人的秘书您会觉得很有面子呢。

亚太太：我认为你不适合做易大人的私人秘书。你不够资格。

易大人：我绝对无意让人误会我好管闲事，亚太太，不过你说他不够资格，这件事当然该由我来判断。我不得不告诉你，令郎的资格完全合乎我的希望。他的资格其实比我原来料想的还高，高得多了。（亚太太保持缄默）亚太太，你不愿让令郎接这份差事还有其他理由吗？

杰　若：有吗，母亲？告诉他吧。

易大人：还有什么理由，亚太太，千万请你说
　　　　明。这儿完全没有别人。不管是什么，
　　　　不用说，我都不会告诉别人。

杰　若：母亲？

易大人：如果你们母子不要外人在场，我就失陪
　　　　了。也许你有其他理由不要我听见。

亚太太：没有其他理由。

易大人：那么，我的好孩子，这件事我们就说定
　　　　了。来吧，我们去露台上吸根烟吧。还
　　　　有，亚太太，请容我奉告，你的应变非
　　　　常，非常明智。

　　　　（与杰若同下。亚太太独自留下。她立
　　　　定不动，脸上的表情说不出有多忧伤。）

幕　落

第三幕

THE THIRD ACT

布　景：洪氏丹敦庄宅画廊。台后有门通向露台。

（易大人与杰若在右角。易大人斜靠在
沙发上。杰若坐在椅上。）

易大人：真是通情达理，你的母亲，杰若。我就
　　　　料到，她最后会回心转意。

杰　若：我母亲做人非常认真，易大人，我知道
　　　　她认为我的修养不配做您的秘书。她的
　　　　看法也完全正确。我在学校里懒得可
　　　　怕，现在要挽救自己的命运，也考不取
　　　　什么。

易大人：我的好杰若，考试根本没有价值。一个
　　　　人只要有身份，自然样样都懂，要没有
　　　　身份，懂什么都对自己不利。

杰　若：可是我对这世界太无知了，易大人。

易大人：不用怕，杰若。要记得你有的是世界

上最奇妙的东西——青春。什么也比不上青春。中年是人生的抵押品。老年是人生的废物间。可是青年是人生的主人。青春有一整个王国在等着他。每个人都生而为王，但是大多数人都死于流亡，像大多数君王一样。为了救回自己的青春，杰若，什么我都肯做，除了运动、早起，或者报效社会。

杰　若：可是您不能认老吧，易大人？

易大人：我老得可以当你的父亲了，杰若。

杰　若：我可记不得自己的父亲；他死了很久了。

易大人：洪夫人告诉过我。

杰　若：真奇怪，我母亲从来不向我提起我父亲。有时我还想一定是她嫁的人配不上她。

易大人：（略皱了下眉）真的吗？（走过去手按杰若肩头）没有父亲你感到遗憾吧，杰若？

杰　若：哦，不会；母亲对我一直很好。谁也没
　　　　有我这样好的母亲。

易大人：那是一定的。不过我还是以为，做母亲
　　　　的大半不很了解自己的儿子。我是说，
　　　　不明白儿子有自己的雄心，想要体验人
　　　　生，想要成名。说来说去，杰若，你总
　　　　不能盼望一辈子消磨在像洛克里这种鬼
　　　　地方吧？

杰　若：哦，才不呢！那就糟了！

易大人：母爱当然很感人，可是往往说不清有多
　　　　自私。我是说，有不少自私的成分。

杰　若：（迟缓地）我猜是有的。

易大人：你的母亲是不折不扣的好女人。可是好
　　　　女人的人生观非常有限，眼界非常狭
　　　　小，兴趣也非常琐碎，不是吗？

杰　若：她们最关注的显然不是我们在乎的
　　　　东西。

易大人：我看哪，你母亲信的是宗教一类的

东西。

杰　若：哦，对呀，她老是上教堂。

易大人：啊！真是跟不上时代，这年头呀，最要紧的事情就是要跟上时代。你可要跟上时代，对不对，杰若？你可要体会人生的真相，才不要被什么老旧的人生哲学所误。哪，你的当务之急很简单，就是要迎合上流社会。一个男人只要能掌控伦敦的餐桌，就能够掌控全世界。未来的主人是贵公子。领导社会的必然是雅士。

杰　若：我是很希望能穿得体面，但是总听人说，男人不应该太注重衣装。

易大人：这年头一般人都肤浅透了，反而不懂肤浅之道。对了，杰若，你得学学怎么把领带打得更帅。感情不妨用在纽扣孔的佩花上，可是领带的精神全在风格。把领带打好，是人生庄严的起步。

杰　若：（大笑）我也许学得会怎么打领带，易
　　　　大人，可是绝对学不会您的谈吐。我不
　　　　懂该如何谈吐。

易大人：哦！对每个女人你的谈吐要像是你在爱
　　　　她，对每个男人呢要像你讨厌他，于是
　　　　在你出道的第一次社交季节之后，就会
　　　　赢得社交绝顶高手的美名。

杰　若：可是上流社会是很难进去的吧？

易大人：要打进最上流的圈子，这年头，你要
　　　　么①能请人吃饭，要么能逗人开心，不
　　　　然就要能把人家吓唬 —— 如此而已！

杰　若：想必上流社会一定有趣极了！

易大人：困在里面只会觉得无聊，可是不能进去
　　　　就简直是悲剧。上流社会是必要的。男
　　　　人在世，除非有女人撑腰，就不算真正
　　　　成功；女人才统治上流社会。如果女人

----

① 原译为要嘛。

不站在你这边，你就完了。否则你还不
如去做大律师、证券商或是记者。

杰　若：要了解女人，很难吧？

易大人：你千万别想了解女人。女人是图画。男
　　　　人是问题。如果你要了解一个女人真正
　　　　的意思——顺便一提，做这种事总是
　　　　危险，只要看她，不要听她。

杰　若：可是女人都很聪明吧？

易大人：你应该经常对她们这么说。可是哲学家
　　　　认为，我的好杰若，女人代表的是物质
　　　　胜于心灵——就像男人代表的是心灵
　　　　胜于道德。

杰　若：那么女人为什么如您所说，有这么大的
　　　　力量呢？

易大人：一部女人史正是世界史中最糟的暴政制
　　　　度：弱者对强者的暴政。只有这种暴政
　　　　千古不绝。

杰　若：难道女人没有令人进步的作用吗？

易大人：令人进步的只有智力。

杰　若：不过，女人也有许多种吧？

易大人：上流社会只有两种：相貌普通的跟多姿
　　　　多彩的。

杰　若：可是上流社会也有好女人吧？

易大人：太多了。

杰　若：可是您认为女人不应该好吗？

易大人：你千万不能对她们这么说，否则她们会
　　　　立刻变好。女人这种性别，任性得非常
　　　　动人。每个女人都是叛徒，照例都是狂
　　　　放地反叛自己。

杰　若：您从未结过婚吧，易大人？

易大人：男人结婚是因为疲倦；女人结婚是因为
　　　　好奇。结果都大失所望。

杰　若：可是您不认为一个人结了婚会快乐吗？

易大人：绝对快乐。可是男人结了婚，我的好杰
　　　　若，快乐与否，要取决于他没有娶过的
　　　　那些女人。

杰　若：可是如果那男人在恋爱呢？

易大人：男人应该永远在恋爱。这就是为什么男
　　　　人千万不能结婚。

杰　若：爱情是非常奇妙的事情吧？

易大人：一个人恋爱，开始是欺骗自己，结束是
　　　　欺骗别人。这就是世人所谓的罗曼史。
　　　　可是真正的"狂恋"这年头却比较少见。
　　　　只有不务正业的人才有这种特权。这也
　　　　正是一个国家有闲阶级的一大功用，也
　　　　只有这样我们哈家人才有个交代。

杰　若：哈家人怎么啦，易大人？

易大人：我家姓哈福德。你应该研究《贵族谱》
　　　　的，杰若。这本书，凡是在场面上走动
　　　　的年轻人都应该彻底熟悉，也是迄今英
　　　　国人在小说中的最佳成就。杰若，既然
　　　　你要跟我走进崭新的生活，我也希望你
　　　　能了解生活之道。（亚伯纳太太出现在
　　　　后面的露台上）因为这世界是笨蛋造来

给聪明人住的!

（洪夫人与杜伯尼由左角上。）

洪夫人：啊！你在这儿，易大人。嗯，想必你是在告诉我们的年轻朋友杰若，他有什么新任务，而且一面享受抽烟，一面多加指点吧。

易大人：我给他的指点是一流的，洪夫人，给他的香烟也是一流。

洪夫人：真可惜我没能在场领教，可是恐怕我太老，学不会了。除非是向您学，学您在讲坛上的道理。可是我总知道您要说什么，所以并不感到意外。（见到亚伯纳太太）啊！亲爱的亚太太，快进来一起坐吧。进来吧。（亚伯纳太太上）杰若刚才跟易大人谈了很久；他样样都称心满意，想必你一定觉得很有面子。坐下来谈吧。（两人坐下）你那漂亮的刺绣做得怎样了？

亚太太：一直做着呢，洪夫人。

洪夫人：杜太太也做一点刺绣吧？

总　铎：以前她针线很伶俐，活像《新约》中缝衣行善的杜蔻丝。可是有了痛风，手指就非常不便了。不碰刺绣架子有九年、十年了。不过她别的娱乐有的是。她对自己的身体非常注意。

洪夫人：啊！那总是有趣的消遣吧？嗯，您们刚才谈些什么呢，易大人。快告诉大家。

易大人：我正要对杰若解释，人世间总是嘲弄自己的悲剧，只有这样对待悲剧，才能忍受下去。因此，人世间认真对待的，反而是喜剧一类的事情。

洪夫人：这对我就太深了。易大人一开口，我照例是觉得深不可测。英国"皇家救溺会"也太粗心了，从来不来救我，就让我沉下水去。我隐隐觉得，亲爱的易大人，你总是站在罪人的一边，而我知道

自己总尽量要站在圣人的一边，我能做
的不过如此。说来说去，这也许只是人
要淹死前的妄想罢了。

易大人：圣徒与罪徒之间唯一的差别，在于每一
　　　个圣徒都有一段过去，而每一个罪徒却
　　　有一片前途。

洪夫人：啊！这句话正合我意。我没话说了。你
　　　跟我，亚太太，都赶不上时代了。我们
　　　跟不上易大人。恐怕我们受的教育太周
　　　到了。这年头，教养太好反而是一大拖
　　　累，反而错过了好多东西。

亚太太：易大人那些想法，哪一样我都听不进。

洪夫人：一点也不错，亲爱的亚太太。

　　　（杰若耸肩，不悦地望着母亲。庞夫
　　　人上。）

庞夫人：珍，你见到约翰了吗？

洪夫人：你不用为他烦心，亲爱的。他跟史夫人
　　　在一起呢；我刚才还见到他们，在黄色

大客厅里。他们在一起，似乎很开心。

你要走吗，凯洛琳？快坐下吧。

庞夫人：我看约翰还得去照料一下。

（庞夫人下。）

洪夫人：男人其实不用这么照顾。凯洛琳其实也

没什么好操心。史夫人非常热心，对张

三跟对李四一样，一视同仁。她人真

好。（庞爵士与艾太太上）啊！庞爵士

来了！还陪着艾太太呢！我刚才看见

他，原来是跟艾太太在一起。庞爵士

呀，凯洛琳到处在找你呢。

艾太太：我们一直在音乐室里等她的呀，亲爱的

洪夫人。

洪夫人：啊！音乐室，是呀。我还以为是黄色大

客厅呢，我的记性越来越差了。（转向

总铎）杜太太记性最好了，是吧？

总　铎：她一向记性特好，可是上次中风之后，

她记得的反而大半是小时候的事了。不

过对那些往事她也兴致勃勃，兴致勃勃。（史夫人与管先生上。）

洪夫人：啊！亲爱的史夫人！管先生跟你都谈了些什么呀？

史夫人：谈的是"复本位币制"，我记得是这样。

洪夫人："复本位币制！"这算是好话题吗？不过，我知道这年头无论什么东西都有人放言高论了。庞爵士又跟你谈些什么呢，亲爱的艾太太？

艾太太：谈的是巴达戈尼亚。

洪夫人：真的吗？这题目扯远了！不过一定很有益处，我敢说。

艾太太：巴达戈尼亚这题目他讲得有趣极了。几乎对所有的题目，野蛮人的观点跟文明人似乎完全一样。他们其实进步透了。

洪夫人：野蛮人都做些什么事呢？

艾太太：显然什么事都做。

洪夫人：嗯，原来人性永远不变，亲爱的总铎，

真是令人欣慰啊。大致说来，这世界还
是原来的世界吧？

易大人：这世界不过分成两个阶级——有的人
信荒谬的话，例如大众——有的人做
荒唐的事——

艾太太：例如你自己？

易大人：是呀，我总是叫自己吃惊。只有如此，
人生才值得活下去。

史夫人：近来你又做了什么事叫自己吃惊的呢？

易大人：近来我一直发现自己的性情有各种优美
的质量。

艾太太：啊！不要一下子就变得十全十美吧。要
一步步来。

易大人：我根本无意变得完美。至少，希望我不
会。否则就太不方便了。女人就因为我
们有缺点才爱我们。只要我们的缺点够
多，女人就一切都会原谅我们，甚至包
括我们大号的头脑。

艾太太：要求我们原谅男人喜欢分析问题，还言之过早。崇拜，我们倒能原谅；这倒是男人可以指望我们的。

（奥大人上，走去史夫人身边。）

洪夫人：啊！我们女人应该原谅一切，对吧，亲爱的亚太太？这一点，想必你同意吧。

亚太太：不同意，洪夫人。我认为有许多事情女人绝对不该原谅。

洪夫人：哪种事情呢？

亚太太：摧残另一个女人的一生。（慢慢走向台后。）

洪夫人：啊！那些事情是很可悲，不用说了，可是我相信，我们有的是很好的休养院，可以照顾并且感化那种人，同时我认为，大致说来，人生的诀窍在于把事情看得淡而又淡。

艾太太：人生的诀窍在于不该有的感情绝不动情。

史夫人：人生的诀窍在于受尽欺骗、饱经欺骗，却能自得其乐。

管先生：人生的诀窍在于拒绝诱惑，史夫人。

易大人：人生并无诀窍。人生的目的，真有的话，不过是永远在寻找诱惑。能找到的并不够多。有时候一整天也碰不到一次。太可怕了，令人为未来担心。

洪夫人：（挥扇指他）我不懂为什么，易大人，可是我觉得你今天所讲的话都极端伤风败德。不过听你说来却有趣极了。

易大人：一切思想都不道德。思想的精华就是毁灭。什么东西你一想到，就给你毁了。一念所及，没有东西能保存下来。

洪夫人：我一句也听不懂你，易大人。可是我相信你说的完全正确。就个人而言，在思想的分数上，我没有什么好自责的。我不赞成女人想得太多。女人的思想应该不过不失，正如女人的一切作为都应该合乎中庸。

易大人：中庸会害死人，洪夫人，只有过火才能
　　　　制胜。

洪夫人：但愿我能记住。你这句话听来像美妙的
　　　　格言。可是我已经开始忘记一切了，真
　　　　是不幸。

易大人：这一点也是你最动人的优点，洪夫人。
　　　　女人不应该有记忆。女人而念旧正是黄
　　　　脸婆的开始。单从一个女人戴的帽子，
　　　　就看得出她是否念旧。

洪夫人：你真是可爱，亲爱的易大人。你总能发
　　　　现，人家最刺眼的缺点正是他最重要的
　　　　美德。你的人生观最令人安慰了。

　　　　（法克上。）

法　克：总铎的马车到了！

洪夫人：亲爱的总铎！才十点半呢。

总　铎：（起身）只怕我非走不可了，洪夫人。
　　　　每逢礼拜二，内人晚上就不好过。

洪夫人：（起身）哪，我就不留您了。（送他到门口）我已经叫法克把一对鹌鹑送上马车。杜太太也许喜欢。

总　铎：您真客气，可是内人现在完全不碰固体了，只能靠果冻果酱之类过日子。不过她出奇地乐天，出奇地乐天。她也没什么好抱怨。

（与洪夫人下。）

艾太太：（走向易大人）今晚月色很美。

易大人：我们就去赏月吧。这年头呀，只有善变的东西看来才动人。

艾太太：你可以看自己的镜子呀。

易大人：镜子是无情的，只会照出我的皱纹。

艾太太：我的镜子比较乖，从不告诉我真相。

易大人：那它一定爱上你了。

（庞爵士、史夫人、管先生与奥大人下。）

杰　若：我可以来吗？

易大人：来呀，好孩子。

（与艾太太、杰若走向门口。）

（庞夫人上，匆匆四顾，朝刚才庞爵士
与史夫人离去之反方向下。）

亚太太：杰若！

杰　若：怎么啦，母亲？

（易大人与艾太太下。）

亚太太：太晚了，我们回家吧。

杰　若：亲爱的母亲，再等一下吧。易大人真逗
人开心，对了，母亲，有件事会给您天
大的惊喜。这个月底我们就要动身去印
度了。

亚太太：还是回家吧。

杰　若：要是你真想回去，当然可以，母亲，可
是我得先向易大人告别呀。五分钟就
回来。

（杰若下。）

亚太太：他想走就让他走好了，可是不能跟那个
人去，不能！我受不了。

（来去徘徊。）

（海丝特上。）

海丝特：夜色真是可爱，亚太太。

亚太太：是吗？

海丝特：亚太太，希望您肯做我的朋友。您跟此地的其他女人大不相同。今晚您一进客厅，不知道为什么，就带来一种感觉，令人感到生命的善良与清纯。我刚才太愚蠢了。有些事情本来该说，可是也会选错了时间，找错了对象。

亚太太：你刚才的一番话我都听见了。完全同意，武小姐。

海丝特：当时我并不晓得您也在听，可是料想您会同意。女人犯了罪就该受罚，不对吗？

亚太太：对呀。

海丝特：这种女人就不可以让她跟正经的男女来往吧？

亚太太：不可以。

海丝特：那个男人呢，也该同样受罚吧？

亚太太：也同样应该。还有孩子呢，万一有了孩子，也同样处理吗？

海丝特：是呀，父母的罪孽应该报应在子女的身上，理所当然。这是公理，也是天理。

亚太太：这是可怕的天理。（走向壁炉。）

海丝特：儿子就要离开，您很难过吧，亚太太？

亚太太：是啊。

海丝特：您愿意他跟易大人走吗？当然会有地位，没问题，也会有钱，可是地位和钱并不是一切，对吗？

亚太太：地位和钱都不算什么，只会带来痛苦。

海丝特：那您为什么让儿子跟他去呢？

亚太太：他自己要去呀。

海丝特：可是如果您要求他，他该会留下来吧？

亚太太：他已经决心要走了。

海丝特：他绝对不会拒绝您的。他太爱您了。求他留下吧。让我去叫他进来。此刻他正跟易大人在露台上呢。刚才我走过音乐室，还听见他们一起笑呢。

亚太太：别费事了，武小姐，我可以等。没关系。

海丝特：不行，我得跟他说您要见他。千万——千万求他留下。

（海丝特下。）

亚太太：他不会来的——我知道他不会来。

（庞夫人上，焦急四顾。杰若上。）

庞夫人：亚伯纳先生，请问庞爵士在露台上吗？

杰　若：没有，庞夫人，他不在露台上。

庞夫人：真奇怪了。不早了，他该就寝了。

（庞夫人下。）

杰　若：亲爱的母亲，抱歉让您久等了。我全忘了您在等。我今晚真开心，从没这么开心过。

亚太太：因为想到就要离开吗？

杰　若：不要这么说，母亲。当然我不愿离开

您。哎，您是全世界最好的母亲。可是
想来想去，正如易大人所说，像洛克里
这种地方是住不下去的。您不在乎。可
是我不甘心；我要的东西更多。我要开
创事业。我要有所成就，使您以我为
荣，而易大人正要提拔我。他会尽力提
拔我。

亚太太：杰若，不要跟易大人走吧。求你别走。
杰若，我求你。

杰　若：母亲，您真是三心两意！您好像完全拿
不定主意。一个半钟点以前在大客厅
里，您对整件事情都同意了；现在却又
变卦提出反对，要逼我把一生只有一次
的机会放弃。是呀，我唯一的机会。您
不会认为，像易大人这样的人物天天都
找得到吧，母亲？真是奇怪，正当我有
了这么奇妙的好运，使我进退两难的人
竟然是自己的母亲。还有一件事，您要

知道，母亲，我爱武小姐。谁能不爱她呢？我对她的爱，超过我向您承认的程度，远远超过。如果我有了地位，有了前途，就可以——可以向她——难道您现在还不明白，母亲，能做易大人的秘书对我有什么意义吗？人生由此开始，等于有一个现成的事业——在你面前——等着你。只要我做了易大人的秘书，我就可以向武小姐求婚。而一个可怜的银行小职员，年薪一百镑，竟要向她求婚，就太狂妄了。

亚太太：只怕你不必指望武小姐了。她的人生观我知道，刚才她告诉了我。（稍停。）

杰　若：哪，至少我还剩下了雄心。那也很重要——一直想要——幸好我还有雄心！您一直想要粉碎我的雄心，母亲——可不是吗？您一直对我说世界有多邪恶，名利有多空虚，社会有多肤浅，诸如此类

的一套 ——哼，我才不相信呢，母亲。我认为世界一定很有趣，社会一定很精彩，而名利也值得争取。您教我的这一套都错了，母亲，完全错了。易大人是成功的人物，也是风头人物。他享尽了繁华世界，乐在其中。嗯，只要能像易大人那样，我什么都不在乎。

亚太太：我倒宁可见你死掉。

杰　若：母亲，您到底反对易大人什么？告诉我——爽爽快快告诉我。到底为什么？

亚太太：他是个坏人。

杰　若：坏在哪里呢？我不懂您的意思。

亚太太：我会告诉你。

杰　若：想必您认为他坏，是因为您相信的事情他不相信。哎，男人跟女人不同呀，母亲。男女当然会有不同的看法。

亚太太：使易大人成为坏人的，不是他相信什么或是不相信什么，而是他的为人。

杰　若：母亲，是因为您知道他做了什么事情
　　　　吗？您确实知道他做的什么事情吗？

亚太太：是我知道的事情。

杰　若：您十分确定的事情吗？

亚太太：十分确定。

杰　若：您知道这件事有多久了？

亚太太：二十年了。

杰　若：把人家的经历追究到二十年前，这公平
　　　　吗？易大人早年的生活跟您跟我有什么
　　　　关系呢？关我们什么事？

亚太太：这个人曾经是什么人，现在就是什么
　　　　人，未来永远是那种人。

杰　若：母亲，告诉我易大人究竟做了什么。只
　　　　要他做了可耻的事，我就不跟他走。想
　　　　必您了解我，不会乱来的。

亚太太：杰若，来我身边。紧紧地靠着我，像
　　　　你小时候，像你还是妈妈的乖孩子那
　　　　样。（杰若挨着母亲坐下。她用手指梳

他的头发，抚他的手。）杰若，从前有一个女孩，很年轻，当时刚过了十八岁。乔治·哈福德——易大人那时的名字——乔治·哈福德遇见了她。她对人生一无所知。乔治对人生却无所不知，而且引那女孩爱上了他，爱得那么深，有一天早上竟然离开自己的家跟他出走。当时她深爱乔治，而乔治也已经答应娶她！乔治郑重地答应过要娶她，她也一直相信。她当时很年轻，而且——而且不明人生的真相。可是一周又一周，一月又一月，乔治却把婚礼推延——她也始终深信不疑。她爱他呀。孩子出生以前——因为她怀孕了——她求乔治为了孩子娶她，好让孩子有个名分，免得自己作孽害了孩子，孩子无辜。乔治不肯。孩子生下来后，她就带着孩子离开，于是她的人生

毁了，心灵毁了，她所有的甜蜜、善良、纯真也都毁了。她受尽痛苦——痛苦到现在。她会一直痛苦下去。她无法快乐，无法安心，无法赎罪。身为女人，她拖着一条铁链，像个罪犯。身为女人，她戴着一张面具，像个麻风患者。火不能净化她，水不能浇熄她的苦恼。什么都救不了她！没有止痛药能给她安眠！没有罂粟能给她遗忘！她沉沦了！她成了亡魂！这就是为什么我叫易大人做坏人。也就是为什么我不要自己的儿子跟他在一起。

杰　若：亲爱的母亲，这件事听起来当然很悲惨。不过我敢说那女孩跟易大人一样，也要怪自己——话说回来，一个真正的好女孩，只要感情上略知好歹，怎么还没有跟人家结婚，会离家跟人家出走，还跟人家同居做人家太太呢？没有好女孩会那样呀。

亚太太：（稍停）杰若，我不再反对了。随时随地，你都可以跟易大人走了。

杰　若：亲爱的母亲，我就晓得您不会阻挡我的。您是上帝所造的最好的女人。至于易大人，我不相信他会那么卑鄙龌龊。我不相信他是那种人 —— 不相信。

海丝特：（在户外）放开我！放开我！

（海丝特神色惊惶上，奔向杰若，投入他的怀抱。）

海丝特：哦！救救我 —— 帮我拦住他！

杰　若：拦住谁呀？

海丝特：他欺负我！太欺负我了！救救我！

杰　若：谁呀？谁敢 —— ？

（易大人自后台上。海丝特挣开杰若的怀抱，指着他。）

杰　若：（因盛怒与不平而全然失控）易大人，你欺负了上帝所造人世间最纯洁的人，纯洁得像我的母亲。您欺负了这世界上我最爱的女人，我爱她，跟爱我自己的母亲一样。天国还有上帝呢，我要杀了你!

亚太太：（急奔过去把他抓住）不可以! 不可以!

杰　若：（把她推开）不要拦我，母亲，不要拦我——我要杀了他!

亚太太：杰若!

杰　若：放开我，听见吧!

亚太太：住手，杰若，住手! 他是你的父亲!

（杰若抓住母亲的手，注视着她的脸。她惭愧地缓缓坐倒在地上。海丝特悄然走向门口。易大人皱眉咬唇。过了一会杰若扶起母亲，揽着她的肩膀，扶她出去。）

幕　落

第四幕

THE FOURTH ACT

布　景：亚太太家的客厅。台后敞开着大落地窗，对
　　　　着花园。右角与左角有门。

　　　　　　　（杰若在桌前写信。）

　　　　　　　（爱丽丝自右角上，引进洪夫人与艾
　　　　　太太。）

爱丽丝：洪夫人跟艾太太来了。（自右角下。）

洪夫人：早安，杰若。

杰　若：（起身）早安，洪夫人。早安，艾太太。

洪夫人：（坐下）我们是来问候你的好母亲的，
　　　　杰若。想必她好些了吧？

杰　若：我母亲还没有下楼来呢，洪夫人。

洪夫人：啊，只怕昨晚她热过头了。我想外头一
　　　　定有打雷。不然也许是因为音乐。音乐
　　　　使人觉得热情澎湃——至少总令人心
　　　　烦意乱。

艾太太：这年头呀，不都是一样吗？

洪夫人：真高兴，我不懂你的意思，亲爱的。只怕你的意思是哪里出了毛病。啊，我看哪，你正在打量亚太太漂亮的房间呢。这房间真不错，而且多古色古香是吧？

艾太太：（用长柄眼镜扫视四周）看来十足像快乐的英国家庭。

洪夫人：就是这句话，亲爱的；正是如此。令人感到你母亲身边的一切，都受她善良的影响，杰若。

艾太太：易大人说一切影响都不良，而善良的影响最为不良。

洪夫人：等到易大人更了解亚太太，他就会改变想法的。

艾太太：我倒要看看，易大人住在快乐的英国家庭会怎样。

洪夫人：那只会对他大有益处，亲爱的。这年头，伦敦的女人装饰自己的房间，大半只会用兰花啦，外国人啦，法国小说啦。可是眼前这房间却是可爱的圣徒住的。供的花是新鲜而自然的，摆的书不会吓人一跳，挂的画也不会令人看了脸红。

艾太太：我倒喜欢脸红。

洪夫人：不过，脸红也是大有好处的，只要你能把握恰当的时机。可怜的洪大人生前总是怪我脸红的次数还不够多。不过嘛，他也太挑剔了。他的男性朋友他一律都不准我交往，除非年纪已过七十，例如可怜的爱希敦大人：对了，这爱大人呀，后来却上了离婚法庭。案情十分不幸。

艾太太：我就喜欢过了七十的男人。这种男人才会把一生奉献给你。我认为七十岁是男人的理想年龄。

洪夫人：她完全不可救药了，杰若，不是吗？对

了，杰若，我希望你的好母亲现在可以
多来看我了。你跟易大人几乎立刻要动
身了吧？

杰　若：我已经放弃做易大人秘书的念头了。

洪夫人：绝对不行，杰若！那太愚蠢了。你有什
么理由呢？

杰　若：我不认为自己能胜任这份差事。

艾太太：我倒巴不得易大人能请我做他的秘书
呢。可是他说我不够认真。

洪夫人：亲爱的，在这屋子里你实在不应该讲这
种话。亚太太对我们这些人生活的这邪
恶社会一无所知。她并不想踏进来。她
太善良了。昨晚她能光临我家，我认为
是一大荣幸。她一来，就给我们的宴会
带来正派的气氛。

艾太太：啊，那一定就是你想象的空中雷声了。

洪夫人：亲爱的，你怎么能这样说呢？这两样东
西根本不像。可是老实说，杰若，你说

不能胜任是什么意思呢?

杰　若：易大人的人生观跟我的太不同了。

洪夫人：可是我的好杰若，你在这样的年纪是不
　　　　应该有什么人生观的。扯得太远啦。这
　　　　种事嘛，你必须听别人的指导。易大人
　　　　肯雇你，是无上的鼓励，而跟他去旅行
　　　　还可以见识世面——至少该看的都会
　　　　见到——这样的提拔再好不过了，而
　　　　且交往的全是该交的人：这一切在你事
　　　　业的紧要关头，太重要了。

杰　若：我才不要见识世面呢：我见够了。

艾太太：希望你不要自以为历尽了沧桑，亚伯纳
　　　　先生。男人要是这么说，你就知道沧桑
　　　　已经磨尽了他。

杰　若：我不愿意离开母亲。

洪夫人：哎，杰若，你这简直就是偷懒了。不愿
　　　　离开母亲！如果我做了你的母亲，我就
　　　　会逼你走。

（*爱丽丝自左角上。*）

爱丽丝：亚太太向您致歉，夫人，说她头痛得厉害，今早见不得客。（*自右角下。*）

洪夫人：（*起身*）头痛得厉害！真是遗憾！要是她好了些，杰若，也许你下午可以陪她来洪庄。

杰　若：下午恐怕不行，洪夫人。

洪夫人：哪，就明天吧。哎，要是你父亲在世，他可不会让你在这里浪费一生。他会立刻把你送去易大人那儿。可是做母亲的就心软，什么事情都听信自己的儿子。我们一切都心甘情愿，心甘情愿。好了，亲爱的，我得去一趟教区公馆，去探望总铎夫人，只怕她身体很不好。真了不起，总铎怎么受得了，真了不起。他做丈夫最体贴了，简直是模范丈夫。再见了，杰若，代我问候你母亲。

艾太太：再见，亚伯纳先生。

杰　若：再见。

　　　　（洪夫人与艾太太下。杰若坐下来读自
　　　　己刚写好的信。）

杰　若：名我该怎么签呢? 我，什么名分都没有。

　　　　（签上名字，把信放入信封，写好信封，
　　　　正要封上，左角门开，亚太太上。杰若
　　　　放下封蜡。母子对望。）

洪夫人：（从台后的落地窗外）再说声再见，杰
　　　　若。我们正抄捷径走过你家的漂亮花
　　　　园。嗯，别忘了我的劝告 —— 立刻跟
　　　　易大人动身。

艾太太：后会有期，亚伯纳先生。要记得远行回
　　　　来带点东西给我 —— 可不要什么印度
　　　　披肩，绝对不要印度披肩。

　　　　（两人下。）

杰　若：母亲，我刚写了信给他。

亚太太：给谁?

杰　若：给父亲。我刚写信要他今天下午四点钟

来这儿。

亚太太：他不可以来这儿。他不可以跨过我家的
　　　　门槛。

杰　若：他非来不可。

亚太太：杰若，如果你要跟易大人走，那就立刻
　　　　走。走呀，免得把我害死，可是别想求
　　　　我见他。

杰　若：母亲，您不明白。世界之大，无论为了
　　　　什么我都不会跟易大人走或是离开您。
　　　　不用说，您了解我的为人，绝不会那
　　　　样。不是的，我写信给他是说——

亚太太：你对他有什么话好说？

杰　若：您猜不出来吗，母亲，我在信里写了
　　　　什么？

亚太太：猜不出。

杰　若：母亲，您当然猜得出。想想看，有什么
　　　　事非做不可，现在做，立刻做，几天之
　　　　内一定要做。

亚太太：没什么好做的。

杰　若：我写信给易大人，告诉他必须跟您结婚。

亚太太：跟我结婚？

杰　若：母亲，我要逼他这么做。您受的冤屈必
　　　　须补偿。犯了罪必须赎罪。天理也许缓
　　　　慢，母亲，可是终于会来。几天之内您
　　　　就会成为易大人的合法妻子了。

亚太太：可是，杰若——

杰　若：这件事我会盯着他做。我会逼他做，他
　　　　不敢拒绝的。

亚太太：可是，杰若，拒绝的是我。我不愿嫁给
　　　　易大人。

杰　若：不愿嫁给他？母亲！

亚太太：我不愿嫁给他。

杰　若：可是您不明白：我说这些是为了您，不
　　　　是为我自己。你们的婚礼，必要的婚
　　　　礼，显而易见非举行不可的婚礼，不是
　　　　为了帮我，给我一个名义，我真正有权

接受的名义。可是对您该很有意义，因
为您，我的母亲，尽管晚了一些，应该
成为做我父亲的那个人的妻子。那不是
很好吗？

亚太太：我才不要嫁给他。

杰　若：母亲，您一定要。

亚太太：才不呢。你提到冤屈要补偿。怎么能补
偿我啊？不可能补偿的。我蒙了羞，他
没有。如此而已。这是一男一女的老故
事了，照例如此，永远如此。结局总是
平凡的下场：女人受苦，男人脱身。

杰　若：我不晓得那是否一般的下场，母亲，只
希望不是那样。可是，至少您的一生不
可以那样收场。做男人的应该尽可能补
过。其实还不够。过去的事无法一笔勾
销，我知道。不过至少可以改善未来，
改善您的未来，母亲。

亚太太：我才不嫁给易大人呢。

杰　若：如果他亲自来您面前向您求婚，您的回
　　　　应自然会不同。别忘了，他是我父亲。

亚太太：如果他亲自来，想必他不会，我的回应
　　　　还是一样。别忘了，我是你母亲。

杰　若：母亲，您这么说令我非常为难；而且我
　　　　不懂为什么您不愿意从正确的，也是唯
　　　　一恰当的立场来看这件事情。为了消除
　　　　您生平的遗恨，扫开您名节的阴影，这
　　　　一场婚礼必须举行。婚礼是无可取代
　　　　的：婚礼举行后您跟我就可以一起离开
　　　　了。可是婚礼必须先举行。这是您应尽
　　　　的责任，不但是为了您自己，也是为所
　　　　有的女人 —— 是啊，为了全世界的女
　　　　人，否则他害的人更多。

亚太太：我并不亏欠别的女人。别的女人没有一
　　　　个会帮助我。世界之大，我不会向任何
　　　　女人乞求怜悯，就算我愿接受，或是讨
　　　　取同情，就算我能赢得。女人对待女人

都是无情的。昨晚那女孩，人虽然好，却夺门而去，好像我不干净一样。她没错。我是不干净。可是冤屈是我自己的，我自愿承当。我只能独自承当。没犯过罪的女人跟我有什么关系，我跟她们又有什么关系？我跟她们根本讲不通。

（海丝特从后上。）

杰　若：求求您，接受我的要求。

亚太太：做儿子的，谁会要求自己的母亲作这么可怕的牺牲呢？谁都不会啊。

杰　若：做母亲的，谁会拒绝嫁给自己孩子的父亲呢？谁都不会吧。

亚太太：那就让我开例好了。我不肯。

杰　若：母亲，您相信宗教，也教我长大了要信教。哎，不用说，您的信仰，也就是我小时候您教我的信仰，母亲，必然告诉您我是对的。这道理您知道，也感受到。

亚太太：我不知道。我没有感受，更绝对不会站
在上帝的祭坛前，请求上帝祝福我和哈
乔治之间这么丑陋而可笑的婚姻。教会
要我们说的那些话，我不愿意说。我不
愿说，我也不敢说。这男人令我讨厌，
我怎能发誓说我爱他；他令你丧失尊
严，我怎能尊敬他；他强迫我犯罪，我
怎能服从他？我不能：婚礼是神圣的典
礼，只有相爱的人才配。他这样的人，
我这样的人是不配婚礼的。杰若，为了
不让你受世人嘲笑、挖苦，我一直对大
家说谎。二十年来我一直对大家说谎。
我无法向大家吐露真相。谁能够这么做
呢？可是我不愿为自己向上帝说谎，还
当着上帝的面。不能，杰若，不论是教
堂或公证的仪式，都绝对不能把我和哈
乔治绑在一起。也许正因为我已经被他

绑得太紧了，我虽然被他剥夺了，却更加富有，在我生命的泥沼里竟然找到了名贵的珍珠，或许我自以为如此。

杰　若：现在我不懂您的意思了。

亚太太：男人都不懂做母亲的心理。我跟别的女人没有两样，除了我所受的冤屈和我所做的错事，加上我所承受的惨重惩罚和莫大羞耻。可是为了生你，我必须面对死亡。为了养你，我必须和死亡搏斗。为了争你，死亡和我开战。为了保住子女，所有的女人都必须和死亡开战。死亡没有孩子，要抢我们的孩子。杰若啊，你当时赤身露体，是我给你衣服穿，你饿，我喂你东西吃。整个漫长的冬季，日日夜夜我照顾着你。我们女人为了疼爱的孩子，什么责任都不嫌它下贱，什么操心都不嫌它低俗 ——唉！那时我有多疼你。圣经里汉娜爱撒母

耳，不过如此。那时你需要的是爱，因
为你身体虚弱，只有靠爱才能活命。谁
要活命，都得有爱。男孩子往往漫不经
心，无意间会令人受罪，而我们总痴心
妄想，只要等他们长大成人，更体会母
亲的心，就会报答我们。可是不然。这
世界会把他们从我们身边引走，去另交
朋友，跟朋友一起远比在我们身边快
乐，赏心乐事我们都没分，分享兴趣轮
不到我们：他们往往对我们不公平，日
子过得辛苦，就怪在我们身上，而日子
过得满意呢，我们也无缘同乐……你
们交了朋友，就去别人家里一起作乐，
而我，心怀自己的隐私，却不敢跟去，
只能待在家里，关上房门，拒绝阳光，
坐在暗中。我在清白的人家做什么呢？
我的过去挥之不去……你还以为我不
在乎人生的乐趣呢。告诉你，我也向往

那些乐趣，但是觉得自己不配，不敢去
碰。你以为我更乐于照顾贫民。那是我
的使命，你猜想。才不是呢，可是我还
有哪里可去啊？病人不会追问，整理他
们枕头的手干不干净，临终的人也不在
乎亲他们额头的嘴唇是不是罪恶之吻。
我一直挂心的，是你；我把你不需要的
爱给了他们：把不属于他们的爱挥霍在
他们身上……你以为我上教堂，为教
会工作，花了太多时间。可是我还能去
别处吗？唯有上帝之家才欢迎罪人，而
你啊杰若长令我挂心，太挂心了。日复
一日，无论早晚，尽管我长跪于上帝之
家，却不是为自己悔罪。既然你啊，我
的宝贝，是我犯罪的结果，那我的罪
有什么好悔呢？就连此刻，你这么怨
我，我也无悔。我并不悔恨。你可以抵
偿我的清白而有余。我宁可做你的母

亲——哦！太甘愿了——胜过留一身
纯洁……哦，你不明白吗？你不了解
吗？就因为我失节，你才会如此可贵。
就因为我沦落，你才会如此亲近。正是
我为你所付的代价——灵魂加肉体的
代价——令我如此爱你。哦，这可怕
的事情不要逼我去做。害我蒙羞的孩子
啊，还是做害我蒙羞的孩子吧！

杰　若：母亲，我一直不知道您爱我到这种程
度。以后我会更孝顺您。您跟我绝对
不可以分开……可是，母亲……我也
没办法……您必须成为我父亲的妻子。
您必须嫁给他。这是您的权责。

海丝特：（跑上去抱住亚太太）不行，不行，您
不可以嫁给他。嫁给他，就真正蒙羞
了，以前的事并不算蒙羞。嫁给他，就
真正沉沦了，以前的事算不上沉沦。离
开他，跟我走吧。英国以外，还有别的

国家……哦！大海的对岸还有其他国
家，更善良，更合理，不像此地这么不
公平。天地很宽，世界很大。

亚太太：才不呢，容不下我的。我的世界只有巴
掌一般大，凡我到处，遍地荆棘。

海丝特：不会的。总有地方会找到青翠的山谷，
新鲜的水流，就算要哭，哦，我们也一
起哭。我们不是都爱着他么？

杰　若：海丝特！

海丝特：(挥手阻止他) 不可以，不可以！除非
你也爱母亲，就不能算是爱我。除非你
觉得母亲更神圣，就不能算是尊重我。
你母亲代表所有的女人蒙难。在她的家
里，受难的不仅是她，而是我们大家。

杰　若：海丝特，海丝特，我该怎么办呢？

海丝特：做了你父亲的那个男人，你尊敬他吗？

杰　若：尊敬他？我鄙视他！他可耻。

海丝特：谢谢你昨晚从他手中救了我。

152

杰　若：啊，那不算什么。我拼了命也要救你的。可是你还没有告诉我现在该怎么办呢!

海丝特：我刚才不是谢谢你救了我一命吗?

杰　若：可是我该怎么办呢?

海丝特：问你自己的良心吧，别问我。我从来没有母亲要我去救，或为我蒙羞。

亚太太：他太无情了 —— 太无情了。放开我吧。

杰　若：（冲过去跪在母亲身边）母亲，原谅我吧：都要怪我。

亚太太：不要亲我的手：手是冷的。我心也是冷的：心碎了。

海丝特：哦，别这么说。心因为受伤，才会活下去。快乐也许会令人心硬，财富也许会令人的心麻木，可是哀伤 —— 哦，哀伤不会令人心碎。何况，现在您有什么哀伤呢? 哎，此刻您对他更加可亲了，尽管您一直是可亲的，哦，您一直都是那样可亲。啊，善待他吧。

杰　若：您是我同体的母亲加父亲。我根本不需
　　　　要双亲。我刚才的话是为您说的，只为
　　　　您一人。哦，您开口呀，母亲。难道我
　　　　找到了一个人爱我，却失掉另一个人
　　　　的爱吗？不要这样吧。母亲啊，您太残
　　　　忍了。

　　　　（起身，倒在沙发上抽泣。）

亚太太：（对海丝特）他真的找到另一个人爱他
　　　　了吗？

海丝特：您知道我一直是爱他的。

亚太太：可是我家很穷啊。

海丝特：有了爱，谁会穷呢？哦，不会的。我恨
　　　　自己的财富。财富只是拖累。他可以跟
　　　　我共享呀。

亚太太：可是我家没有面子。我们根本不入流。
　　　　杰若什么名分都没有。父母有罪，活该
　　　　报应在孩子身上。那是天理。

海丝特：我昨天失言了。只有爱才是天理。

亚太太：（起身，握着海丝特的手，慢慢向杰若
走过去；杰若卧在沙发上，手蒙着头。
她抚了他一下，他抬起头来。）杰若，
我没办法给你一个父亲，可是我为你找
到了妻子。

杰　若：母亲，我实在配不上她，也配不上您。

亚太太：原来她是优先，你当然配她。你走后，
杰若……跟……她走后——哦，有时
候要想念我。也别忘了我。祷告的时
候，也为我祷告吧。人在最快乐的时候
都应该祷告，你会快乐的，杰若。

海丝特：哦，您不会想要离开我们吧？

杰　若：您不会离开我们吧？

亚太太：我怕会令你们蒙羞！

杰　若：母亲！

亚太太：暂且这样吧：要是你们愿意，可以长住
在附近。

海丝特：（对亚太太）跟我们去花园里吧。

亚太太：你们先去，先去吧。

（海丝特偕杰若下。）

（亚太太走向左角的门，站在壁炉上端的镜子前面，仔细端详。）

（爱丽丝自右角上。）

爱丽丝：有位先生来看您，太太。

亚太太：说我不在家。名片给我。（取盘中名片一瞥）说我不想见他。（易大人上。亚太太在镜中见他出现，吃了一惊，却不转过身来。爱丽丝下。）今天你还有什么话对我说吗，哈乔治？你没什么好说的了。你走吧。

易大人：瑞巧，你我的事情杰若已经全知道了，所以必须安排一下，对我们三个人才方便。我向你保证，他会发现我是最可爱最慷慨的父亲。

亚太太：我的儿子马上就进来了。昨晚我救了你一命。今天只怕不能再救你了。我的儿

子对我的羞耻反感极深，深得可怕。求

求你，走吧。

易大人：（坐下）昨晚太不幸了。那清教徒的傻

女孩大吵大闹，只因为我要吻她罢了。

吻一下，有什么害处呀？

亚太太：（回过身来）吻一下，会害死一条命，

哈乔治。我知道。我太知道了。

易大人：这一点现在我们不讨论。今天跟昨天一

样，最要紧的还是我们的儿子。我十分

喜欢他，这你知道，对他昨晚的行为更

非常欣赏，这一点也许你觉得奇怪。他

挺身护卫那假正经的美女，当机立断，

真了不起。我就希望自己的儿子，能够

那样。只是我的儿子绝对不可以去附和

清教徒：盲从清教，永远是错的。哪，

我的提议是这样的。

亚太太：易大人，你的提议我毫无兴趣。

易大人：根据我们可笑的英国法律，我不能给杰

若合法的名分，可是我可以把财产留给他。易林华斯庄当然要靠继承，可是那地方单调又简陋。我可以给他艾世比庄，漂亮多了，还有哈堡，英国北部最好的猎场，再加上圣詹姆斯广场的街屋。今生今世，一个体面人还能更奢求吗？

亚太太：不能更好了，我敢说。

易大人：至于爵位嘛，在如今民主的年头，爵位其实是个负累。身为哈家子弟，凡我所要的，一切我都曾拥有。而现在，我拥有的一切都只是别人所要的，其实没有那么愉快了。哪，我的提议是这样的。

亚太太：跟你说过我没有兴趣，求求你走吧。

易大人：我提议这男孩一年里六个月跟我过，另外六个月跟你。这样够公平了吧？你要多少津贴都可以，住哪儿也由你。至于你的过去，除了我跟杰若之外，谁也不知道。还有就是那清教徒，穿白棉布衣的那清教徒，不过她无关紧要。她没办法讲你的闲话而不用解释自己拒吻的事，对吗？这么一来，凡女人都会认为她是笨蛋，而男人都认为她无趣。你更不必担心杰若不能继承我。不用说，我绝无结婚的念头。

亚太太：你来晚了。我的儿子已经不需要你。你，多余了。

易大人：你这是什么意思，瑞巧？

亚太太：杰若的事业不需要你了。他并不缺你。

易大人：我不懂你的意思。

亚太太：你看看花园吧。（易大人起身，走向窗前）最好别让他们见到你。你带来不愉快的记忆。（易大人望向窗外，吃了一惊）她爱杰若。他们彼此相爱。我们已经摆脱你了，而且就要远行。

易大人：去哪儿？

亚太太：不会告诉你的，就算你找到我们，我们
　　　　也不会认你。你似乎很感意外。那女孩
　　　　的嘴唇你曾经想玷污，那男孩的生命早
　　　　被你羞辱，而做母亲的因你而沉沦，你
　　　　指望人家会欢迎你吗？

易大人：你心肠变硬了，瑞巧。

亚太太：我以前心肠太软了。幸好我变了。

易大人：当时怪我太年轻。我们男人对人生开窍
　　　　太早。

亚太太：而我们女人对人生开窍太晚。这就是男
　　　　女的差别。

　　　　（稍停。）

易大人：瑞巧，我要儿子。现在也许他不需要我
　　　　的钱了。也许他也不需要我了，可是我
　　　　需要儿子。让他跟我吧。瑞巧。只要你
　　　　肯，就办得到的。（看见桌上有信。）

亚太太：我儿子的命里没有你的分。他才不在
　　　　乎你。

易大人：那他为什么写信给我呢？

亚太太：你说什么呀？

易大人：这信说什么呀？（拿起信来。）

亚太太：哦——没什么。给我。

易大人：信是写给我的。

亚太太：不可以拆开。我不准你拆开。

易大人：还是杰若的笔迹呢。

亚太太：这封信没准备寄。这封信他今早才写，
当时他还没见到我。可是现在他已经懊
悔不该写了，非常懊悔。你不可以拆。
还给我。

易大人：信是我的。（拆信，坐下，慢慢读信。
亚太太一直注视着他。）想必你看过信
了，瑞巧？

亚太太：没有。

易大人：你知道里面说什么吗？

亚太太：知道！

易大人：我绝对不承认这孩子说得有理，也不承

认我有什么责任该娶你。我完全否认。
可是为了挽回我的孩子我甘愿 —— 对
呀，甘愿娶你，瑞巧 —— 而且要把你
当妻子一般，永远以礼相敬。我会跟你
结婚，你要多快都行。这话，我可以
保证。

亚太太：你以前早就向我保证过，却背信了。

易大人：这一次我会守信。足以见证我爱自己
的儿子，至少不下于你。因为我娶了
你，瑞巧，就得放弃某些野心。还是崇
高的野心呢，如果有什么野心算是崇高
的话。

亚太太：我才不嫁你呢，易大人。

易大人：你当真吗？

亚太太：当真。

易大人：请说你的理由。一定十分有趣。

亚太太：我已经对儿子解释过。

易大人：你的理由想必非常情绪化吧？你们女人

过日子都靠感情，也是为了感情。可是你们没有人生哲学。

亚太太：没错。我们女人过日子，靠的是感情，为的也是感情；靠的是激情，为的也是激情，不瞒你说。我有两种激情，爱他，恨你。都是你无法消除的。两者形成正比。

易大人：这算是什么爱呀，竟然靠恨来做伴！

亚太太：我对杰若的爱正是如此。你认为很可怕吗？唉，是可怕。凡是爱都可怕。凡是爱都是悲剧。我曾经爱过你，易大人。一个女人爱上了你，真是悲剧！

易大人：你真的不肯嫁给我？

亚太太：对。

易大人：因为你恨我？

亚太太：是。

易大人：而我的儿子像你一样恨我？

亚太太：不。

易大人：这，我很高兴，瑞巧。

亚太太：他只是看不起你。

易大人：好可惜！为他可惜，我是说。

亚太太：别受骗了，乔治。子女一开头爱自己的
　　　　父母，后来就会评判父母，而十之八九
　　　　都不会原谅父母。

易大人：（把信慢慢地重看一遍）这封信真是优
　　　　美而热情，请问你是用什么道理，说得
　　　　写信的男孩认为你不该嫁给他父亲，你
　　　　亲生孩子的父亲？

亚太太：使他领悟的不是我。另有别人。

易大人：什么人这么无聊？

亚太太：那清教徒，易大人。

　　　　（稍停。）

易大人：（尴尬皱眉，继而慢慢起身，走到桌边，
　　　　去取帽与手套。亚太太正站在桌前。他
　　　　拾起一只手套，套上手去。）那，我在
　　　　此地也无能为力了吧，瑞巧？

亚太太：没办法了。

易大人：就再见了，是吧？

亚太太：希望是永别了，这一次。

易大人：真奇怪！此刻你的样子，就跟二十年前你离我而去的那晚一模一样。你嘴上的表情还是那样。说真的，瑞巧，没有女人像你当年那样爱我。哎，当时你献身给我，像一朵花，任我尽情放纵。那时你真是最漂亮的玩物，最迷人的一段风流……（取出挂表）两点差一刻！得赶回洪庄去了。该不会在那边再见到你了。真是遗憾，真的。也真有意思，竟然在自己的社交圈内，重逢以前的情妇，还认真地跟她周旋，而且……（亚太太一把抓起手套，甩了易大人一记耳光。易大人吃了一惊。他因受辱而不知所措。继而他回过神来，走去窗前，隔窗看自己的儿子。终于叹息离去。）

亚太太：（哭泣，倒在沙发上）那句话，他早想
　　　　说了，早想说了。

　　　　（杰若与海丝特自花园入。）

杰　若：喂，亲爱的母亲。您一直没出去。所以
　　　　我们就进来找您了。母亲，您不是在哭
　　　　吧？（跪在她身边。）

亚太太：我的孩子！我的孩子！我的孩子！

　　　　（用手指梳他头发。）

海丝特：（跑过来）可是您现在有两个孩子了。
　　　　您肯认我做女儿吗？

亚太太：（抬头）你愿认我做母亲吗？

海丝特：在我认识的所有女人里，唯您，最愿
　　　　意认。

　　　　（三人相互搂腰，走向通往花园之门。
　　　　杰若走到左角的桌前取帽。一转身他看
　　　　见易大人的一只手套掉在地上，把它
　　　　拾起。）

杰　若：喂，母亲，这是谁的手套呀？刚才有客

人，是谁呀?

亚太太：（转身）哦！没有谁。谁也不是。一个
　　　不要紧的男人啦。

 幕 落

上流社会之下流

——《不要紧的女人》译后

爱尔兰裔的英国作家王尔德，是十九世纪末年，尤其是唯美主义运动的代表人物。他的天才光芒四射，像一个多面的结晶体，无论在诗歌、散文、评论、小说、戏剧各方面，都有卓然出众的成就。一般读者对他最深的印象，大概来自他的寓言小说《道林·格雷的画像》，但是对他的戏剧所知却不多，一个原因是他的戏剧在英国，除了读者之外，还有众多观众。尽管王尔德逝世已逾一个世纪，他的戏剧，尤其是喜剧，仍不断在英国上演。其中有一出叫做《不要紧的女人》（*A Woman of No Importance*），十六年前我就在伦敦的戏院里看过。

我在外文系教翻译这门课，先后已有四十年，除注重笔译之外，也包括口译。王尔德的喜剧台词幽默，呼应敏捷，句法简洁有力，最适合全班一同参与，形形色色的角色可以分配同学们轮流担任，由我先诵出原文，再经同学实时口译成日常的中文。剧中人语妙天下，加上曲折有趣的情节来推波助澜，笑声频频，一触即发，恐怕是我一生教课最成功的方式。学生在这样的课堂上而要瞌睡，绝无可能。

从《不可儿戏》（*The Importance of Being Earnest*）到《温夫人的扇子》（*Lady Winder-mere's Fan*）到《理想丈夫》（*An Ideal Husband*），都是我学生带笑悦读，不，带笑喜译的课本。既然口译已那么多遍，我自己终于将其一一译成了中文，一一出版成书，并且看自己的译本一一在剧台上演出。其中《不可儿戏》，由杨世彭教授导演，从 1984 年到 2004 年，屡次在香港与台北演出，十分卖座，一共演了六十多场。

王尔德的四部喜剧当年（1893～1895）在伦敦上演，十分轰动。以时序而言，这本《不要紧的女人》是登台的第二出；但依我中译出书为序，则是第四出，也是最后的一出。至此，王尔德的四本喜剧我终于译齐了，也算是了却一桩心愿。麻烦的是，这些喜剧既然都有了译本，就不能再充我翻译课上的口译教材了。但是如有剧团想要演出，我很欢迎。

王尔德的喜剧继承了英国康格利夫与谢利丹"讽世喜剧"的传统，在情节的开展上都巧于安排，成为宋春舫（宋淇父亲）所谓的"善构剧"（the well-made play）。这种喜剧的张力，常生于上流社会的丑闻，也就是情节所附的核心秘密。当然，秘密如果尚未泄露，还不成为丑闻，只算败德。剧情往往隐藏多年前的一桩败德，就像纸中包火，必然形成张力。

隐私的败德一旦揭开，成为公开的丑闻，

张力就消减了。安排剧情，诀窍全在这致命的秘密究竟要瞒谁，能瞒多久，而揭开时应该一下子水落石出，还是半泄半瞒，对谁才泄，对谁才瞒，都有赖高妙的布局。如果泄密太多又太早，气氛就不够紧张了。例如《不可儿戏》里的亚吉能与杰克，一直是同谋共犯，互相掩饰的难兄难弟，直到剧终前的三分钟才由巴夫人挑明真相，说出原来是亲兄亲弟。恍然的观众这才顿悟，其中的秘密竟然把台下从开头瞒到快要收尾。

《不要紧的女人》里也有二十年前的败德，一旦揭开就会变成社会丑闻。贵族易大人要雇年轻的银行小职员杰若做私人秘书，却并不知道杰若竟是他的私生子。父子之间的这桩秘密，互不知情，只有亚伯纳太太，也就是易大人始乱终弃的情妇，才知道真相，但一直瞒住了儿子杰若，更瞒住了社会。这真相，早在第二幕快结束时，已经在剧台上向观众揭开，但对台上的许多人物仍然是秘密，所以仍有其张力。至于关键人物，那私生子杰若自身，却一直被瞒住，要到第三幕落幕前一分钟，才石破天惊，由亚太太临危道出。紧张的观众这才松一口大气，只等余音袅袅的第四幕，把一切尚未交代的线头收拢理齐。

王尔德善于讽刺英国的贵族，所谓上流社会，但是在这本《不要紧的女人》里，他的冷嘲热讽不全是由贵族们自暴其短，自献其丑，而是用了一个新的角度，借一个活泼自信的美国少女之口，不留情面地来指责英国贵族的自私自大，麻木自闭。一般的印象，都把王尔德视为象牙塔上的唯美大师。其实他仍是颇有社会批评意识的。要点在于，王尔德锦心绣口，是一位天生的艺术家，而非刻意推销某一意识形态的宣传家。四面八方，只要有机会讽刺，有借口逞其巧舌语锋，他绝不甘放过。我们不应只乐闻他调侃美国人如何崇拜法国，说什么

"好心的美国人死后，都去了巴黎"；也不必只乐顾英国贵族，那大玩家易大人，如何挖苦美国的清教徒，说什么"听他们的言谈，你还以为他们是在童年的第一阶段呢。就文明而言，他们也才在第二阶段"。

在《不要紧的女人》里，王尔德有意引进新大陆来的海丝特，让她代表美国新生活的精神发言。王尔德让她出现在每一幕里，而在开场时由她第二个发言，落幕前由她倒数第三个说话，当然有其深意。

在第二幕的中段，海丝特在一角听了英国贵妇们故步自封沾沾自喜的妄言之后，坦率指出美国早已跳出所谓上流社会的虚妄，说"真正的美国社会无非是我国（美国）所有的好女人加上所有的好男人"。女主人洪夫人承认："对中产阶级和下层阶级我们了解得不够。"海丝特回以"在美国我们没有下层阶级"。洪夫人大惊小怪，竟叹道："真的呀？多奇怪的安排！"另一贵妇庞夫人又对海丝特说:"人家说你们没有废墟,也没有古董。"海丝特答得好:"我们的古董,有英国的贵族社会来供应,庞夫人。每年夏天,一批批的古董,用轮船定期送过海来,登陆第二天就向我们求婚。至于废墟呢,我们正努力建造的东西,要比砖块跟石头更加耐久。"

到了第四幕中段,当杰若逼迫母亲一定要和易大人正式结婚,以取得合法身份,海丝特又鼓励他母亲千万不要陷入旧社会的体制,去享受贵族的特权,而要勇敢地开拓自己的天地,活得有自己的尊严。她对亚伯纳太太说:"离开他,跟我走吧。英国以外,还有别的国家……哦,大海的对岸还有其他国家,更善良,更合理,不像此地这么不公平。天地很宽,世界很大。"

像其他的三本喜剧一样,这本《不要紧的女人》也因台词奇趣无穷,呼应紧凑,正话可以反说,怪问而有妙答,令人觉得旷代才子王尔德的灵感匪夷所思,一无拘束,像在高速公路上倒开飙车。

剧中颇有几处用典，有时我会略加文字，以便读者与听众。有些地方看原文反较易解，译成中文却难与上下文呼应。例如第一幕将近一半，洪夫人问海丝特的父亲何以致富，管先生答说是靠"经营美国的纺织品"。洪夫人又问"什么是美国纺织品呢"？易大人接口说是"美国小说"。上下文似乎不连贯，其实是在影射yarn一字，因为此字本义是"纱线"，引申义却是"杜撰的故事"，例如 to spin a yarn。小说家的本事正在善编故事。

另有一处，在第三幕末段，杰若的母亲把他叫到身边来，将当年恨事向他细说。那一大段话里，he，she，his，her一类代名词频频出现，英文不难分辨性别，中文却不能混用同音的"他，她"，否则观众岂不听糊涂了？所以译者必须另谋他途，有时只能径用"乔治"而不用"他"。